新潮文庫

獅　子

池波正太郎著

新潮社版

10681

目次

獅子

一 春雪

一

その夜。

真田信之は、めずらしく夢を見た。

ほんとうに、それは、めずらしいことであった。

紀州の九度山の配所で、さびしく病歿した父の昌幸や、大坂戦争で討死をとげた弟の幸村は、むかしから、

「毎夜のごとく……」

夢を見たそうで、昌幸などは、

「それがおもしろうて、たのしゅうて、なればこそねむるのじゃ。夢を見ぬねむりな

ぞ、生きてある心地がせぬわえ」

信之に、そう語ったことがあった。

それはもう、六十年もむかしのことになる。

そのときの父の言葉や声が、いま突如として、夢からさめた真田信之の耳へ、よみがえってきたのである。

九十三歳の高齢に達し、隠居の身になった自分の脳裡(のうり)の一隅へ、六十年もの間、一度も想起したことがなかった記憶が残存していたことに、信之は瞠目(どうもく)した。

夢からさめたとき、朝にはまだ遠かった。

寝所は、寒気に抱きすくめられている。

夢で、信之は、三十八年前に亡くなった妻の小松(こまつ)を見た。おもいもかけぬことだ。

小松は、上州の沼田城で息を引きとったのだが、危篤の知らせを受けた信之は、数名の侍臣を従えたのみで、信州・上田の居城を発し、積雪の街道を沼田へ駆けつけ、辛うじて妻の臨終に間に合ったのである。

その妻を、夢に見た。

吹雪の中に、妻が立っていて、信之が馬を寄せて行くと、

「殿。いささか、長うござりますな」

と、いった。

夫が人の世に、長く生きすぎている、と、いったのだ。

夢の中で、自分が何とこたえたかは、もうおぼえていなかった。

しかし、怜悧で、するどい小松の眼の光を、久しぶりで信之は見た。

夜具に埋もれていながら、信之は、急に酒がほしくなってきた。

「これ……これよ……」

次の間でねむっているはずの、侍女の波留へ、信之が声をかけた。

波留は、真田家の臣・守屋甚太夫のむすめで、この年、明暦四年（西暦一六五八）を迎えて十八歳になった。

信州・松代十万石を、次男の内記信政へゆずりわたし、一昨年の十月に、ようやく引退をして一当斎と号し、松代城下の北方半里余の柴村へ隠居所をかまえたとき、

「わしの身のまわりの世話は、波留と伊木彦六に……」

と、信之から命じられて、一日交替に、波留と彦六が次の間へねむることになっている。

真田信之から見れば、曾孫のような波留であった。

「これ……これよ……」

もう一度、声をかけたが、波留の返事はなかった。

しばらく……といっても、かなり長い間を待ってから、さらに声をかけてみたが、やはり、こたえはない。

信之は、とても九十をこえたものとはおもえぬ、がっしりとして巨きな老体を起した。

小用にでも立って行ったのなら、すぐにもどって来るはずだ。厠房は次の間から廊下へ出ると、すぐ目の前にある。

信之が、いったん寝所へ入れば、波留なり彦六なりは、次の間をはなれて何処かへ出かけることなど、決してないはずだ。

信之は、次の間へ出て行った。

波留の寝床は、空であった。

〔ねむり燈台〕の灯りが、微かに、またたいている。

信之は手ずから、次の間に置いてある古風な黒御棚から、酒瓶と盃を取り、寝所へもどって来た。

時折、信之が寝酒を所望するので、次の間にはいつも仕度がととのえてあるのだ。

信之は寝床へもぐりこみ、行儀もかまわずに酒をのみはじめた。

三日ほど、ふりつづいた雪も、どうやら熄んだようである。

屋内にいても、信之には、それが気配でわかる。

生まれてこの方、信濃の国の風土と共に生きぬいて来た一当斎・真田信之なのである。

どれほどの時がすぎたろうか……。

次の間の、廊下に面した板戸がひそやかに開き、閉まった。

波留が、どこからかもどって来たのだ。夜ふけといっても、もはや丑ノ刻(午前二時)をまわっていよう。

(何処へ、行っていたものか……?)

それは信之にはわからぬが、興味がわかぬものでもない。

わざと信之は、盃をほし、舌を鳴らしてみせた。

次の間で、ひっそりとうごいた波留の気配が、凝固した。

(ほ……おどろいているらしいぞよ)

当然、波留は、黒御棚を見て、寝酒の仕度が無くなっていることに気づいたであろう。

(おどろいておる、おどろいておる。すくみあがっているようじゃ)

寝入ったら朝まで、ほとんど目ざめぬ信之を知っている波留だけに、安心しきって何処かへ出かけた。それも、信之に気づかれてすくみあがるほどの場所へである。

信之が寝酒を命じるのは、いつも寝所へ入ってすぐのことなのだ。

(ま、何があったとて、わしには、もはや何も彼も、かかわり合いのないことじゃ。さよう。いまのわしは、ようやくに死ぬる日を待つ身となった……知らぬ、知らぬ。何も彼も、わしの知らぬことよ)

ふかぶかと夜具の中へ沈みこんで、信之はすぐにまた、安らかなねむりへさそいこまれていったのだが……。

夜が明けて、しばらくして、異変が起り、百歳に近くなった老軀(ろうく)に鞭打ってはたらかねばならぬ宿命が待ちうけていようとは、さすがの信之も、それこそ思いおよばぬことであった。

二

翌朝。

真田信之が目ざめたとき、枕元に置いてあったはずの酒瓶も盃も消えていた。

波留が、片づけたものと見える。

「波留、波留」

寝床に横たわったまま、次の間へ声をかけると、

「はっ」

波留ではなく、伊木彦六尚正(なおまさ)の声がして、すぐさまあらわれた。

交替の時刻にしては早すぎる。

昼ごろに、二人は交替することになっている。

いぶかしげに信之が、彦六を凝視した。

すると……。

伊木彦六が、二十四歳の若わかしい顔を伏せた。その伏せたくびすじのあたりへ、見る見る血がのぼってきた。

いつにないことである。

彦六は、大殿(おおとの)の信之に見つめられ、何やら恥じらっているらしい。

(ふうむ……?)

信之は、とっさに何かを感じた。

九十をこえていながら、信之の視覚も聴覚も、したがって感応も、ほとんどおとろ

えていない。われながら、それは、ふしぎなことであった。

彦六は、無言で寝所の戸を開け放ち、信之の朝の仕度にとりかかった。

朝の陽光が積雪に反射し、まぶしいほどであった。

「ようも、晴れたの」

「はい」

「波留は帰ったのか？」

「は……」

彦六は、信之の眼に、自分の視線を合せようとしない。

（ふうむ……では、彦六と波留が、忍び逢うていたのか……？）

信之が直感したのは、このことであった。

彦六は、伊木三郎右衛門(さぶろうえもん)の長男で、子供のころから御城へあがり、信之の小姓をつとめた。

小柄だが、ふっくりとした顔だちで、額の中ほどに小豆粒ほどの黒子(ほくろ)が一つある。

いまは亡くなった父の伊木三郎右衛門が、

「お側(そば)近くにおいては、恐れ多し」

といい、彦六の退身を何度も願い出たことがある。

つまり、それほどに、彦六は鈍重な性格であって、まだ松代十万石の城主だった真田伊豆守信之の衣服に茶をこぼしたり、いいつけられたことを忘れたり……鈍重な者が合せもつ粗忽さを発揮した小さな失敗は数えきれぬ。

けれども信之は、何故か、彦六を手ばなさなかった。

理由は別にない。

「愛(う)いやつ」

と、おもっているまでのことである。

だから信之が引退をして、この柴村へ引き移ったとき、彦六尚正は、信之がえらんだ近習の中へふくみこまれ、隠居所の長屋で、独り暮すようになった。いまは父も母もうしない、兄弟もない彦六であった。

波留は、隠居所でのつとめを終えると、松代城下の父の屋敷へ帰るが、彦六は非番のときも隠居所の長屋にいて、めったに外へ出ないらしい。

鳥打峠の山腹を背負い、前面に千曲(ちくま)川をはさんで川中島から善光寺平をのぞむ、この柴村の隠居所は、侍臣たちの長屋は別として、建坪は六百坪ほどだが、屋敷をかこむ山麓の樹林は深く、ひろい。

表門を入ると、大玄関につづく書院やら使者の間やらがあり、その棟から渡り廊下でつながれた、鳥打峠の山腹へかかる高処(たかみ)に、信之が日常、起居する一棟がある。居間、寝所、書斎など六つの部屋を廊下がかこんでい、これに厠房、水屋、風呂場がつき、これを杉木立がかこんでいた。

一当斎信之が、隠居所での奉公をゆるしたのは侍臣五十一名。

それに、茶道、餌差(えさし)、茶坊主、足軽、小者、料理人などが合せて百人ほどである。

その人びとの長屋は屋敷内の諸方に点在していたが、侍臣のうちの三分の二は城下の自邸に住み暮し、隠居所へ出仕する。

伊木彦六の長屋は、信之が起居する一棟からもっとも近い場所にある。

信之の寝所から廊下へ出て、厠房の傍へ入った突当りに戸口があり、これを内側から開け、外へ出れば、目の前に彦六の長屋があるのだ。

波留は、その彦六の長屋へ、

(忍んで行ったのであろう)

と、信之はおもった。

だが信之は、朝餉(あさげ)の給仕をする彦六を問いつめようとはせぬ。

(それにしても、わしの眼をぬすみ、いつのころより、忍び逢うていたものか……?)

昨夜が、はじめてだとはおもわれぬ。

昨夜、彦六の腕の中から寝所へもどって来て、信之がみずから酒の仕度を運び去ったことを知り、波留は居たたまれなくなり、朝になるや、すぐさま、このことを彦六に告げ、蒼惶（そうこう）として父の屋敷へ帰ったものとおもわれる。

武家のしきたりとして、主人の屋敷内で、ひそかに男女がいいかわし、ちぎり合うていたとなれば、これは〔不義〕となる。

信之が怒って、二人を処刑したとしても、当然のことなのであった。

ゆえに、朝餉の給仕にかかった伊木彦六は、もう恥じている余裕がなくなり、顔面蒼白となっていた。

「丑（うし）よ」

と、信之が彦六の幼名を呼び、

「久しぶりに、何ぞ描いて見せてもらおうかの」

「はっ」

「どうじゃ？」

「かしこまりたてまつる」

丑之介（うしのすけ）と呼ばれた子供のころから、鈍重な彦六に特異の才能が一つあった。

描画の才があるのだ。

以前も信之は、小姓の彦六をよんでは、

「今夜は、富士の山へのぼる鼠の群を描いてみよ」

とか、

「鍾馗が弓をかまえて馬上にある姿を描け」

などと、しきりに難題をもちかけるのだが、そのたびに彦六が、にっと笑って筆を取るや、たちまちに描きあげてしまう。

「ふしぎなやつじゃ。絵筆をふるうときの彦六の眼は精気をはらんでかがやき、手も顔も、いや、あやつめの躰が弾みきって、もうたのしゅうてならぬ様子を見せる。さほどに絵が好きなれば、絵師として取りたててやってもよい」

信之はそういったが、彦六の父・伊木三郎右衛門は、頑として承知をしなかったものである。

朝餉を終え、信之は居間へ入った。

質素な部屋で、大きな炉が切ってあり、赤々と火が燃えている。

その前へすわりこんだ信之が、

「彦六……彦六。早うまいれ。何ぞ描いて見せよ」

大声に呼んだときであった。

伊木彦六が、廊下を走って来た。

その走り様が、ただごとではなかった。

彦六が、廊下を走ることなど、これまでに只の一度もなかった。

「も、申しあげまする」

廊下から次の間へ入り、襖の向うへ半身を見せた彦六が、

「ただいま……ただいま、御城より、堀平五郎殿、御使者としてまいられ……」

いいさして、彦六は絶句した。

「彦六。なんとしたぞ?」

「は……殿様が、先程、御殿の御廊下で……」

父の信之にかわって松代十万石の当主となった真田内記信政が、御殿の廊下で卒倒し、意識不明となった、というのである。

「なんじゃと……」

信之が、腰を浮かしかけ、またすわった。

息子といっても、信政は六十三歳の老年なのだから、こうした場面があっても、おかしいことはない。

しかし、いまここで信政の身に万一のことがあれば、

「真田家十万石の存亡にかかわる一大事」

になることは必定であった。

信政が、自分の後つぎに決めている右衛門佐(うえもんのすけ)は、庶子である上に満一歳の幼児にすぎぬ。

しかも信政は、右衛門佐出生のことを、まだ幕府へとどけ出ていなかった。

三

一当斎・真田信之は、居間の炉端へすわりこんだまま、身じろぎもしなくなった。

深いしわにおおわれている顔貌の、そのしわの中へ埋没してしまったかのように見える細い両眼が、いまは活(かっ)と見ひらかれ、引きむすんだ口がわずかにふるえているのを、彦六は見た。

このように、凄まじいばかりの意力をたたえた〔大殿〕の顔を、傍近くつかえるようになってから十年、彦六はかつて見たことがなかった。

「堀平五郎を、待たせておけ」

ややあって、信之がしずかにいった。

声は、平常と変らぬ。

「髪を、いつものように……」

「はっ」

彦六は、次の間にひかえていた侍臣の師岡治助（もろおかじすけ）へ、信之のことばをつたえ、引き返して来て、いつものように〔大殿〕の残り少い白髪をていねいにとかし、小さな髷（まげ）をゆいあげた。

ゆいあげる彦六の手も指も、烈しくふるえている。

これは先刻の信之の口のふるえとは、別の性質のものといってよい。

信之のそれは一種の昂奮であり、彦六のふるえは驚愕と不安から出たものだ。

髪をととのえ終ったとき、真田信之は、いつものおだやかな隠居にもどっていた。

「平五郎を、これへ……」

「はい」

彦六が出て行くと間もなく、城中から駆けつけて来た堀平五郎が、師岡治助にともなわれ、居間へ来て平伏をした。

両人とも顔色が変じている。

治助は隠居所に奉公する身だが、平五郎は城下に残り、信政につかえている。

堀平五郎は三十五歳。真田家の馬廻りをつとめていて俸禄は百石。

「亡くなった父親の主膳も、よう出来た男であったが、息子は、それに輪をかけた好人物じゃ」

と、年老いた藩士たちが平五郎を評している。

一当斎信之は、折にふれて、堀平五郎を隠居所へ呼び寄せた。

それは、平五郎に将棋の相手をさせるためであった。

信之は、むかし、徳川家康に従い、京都に滞在していたころ、本因坊に先の手合だったというし、幕命により信州・上田から、この松代へ国替えとなってからは、藩士たちが棋道をたしなむことを大いに奨励したほどだ。

「平五郎。くわしくきこう」

と、信之がいった。

内記信政は、朝の手水（ちょうず）を終え、大廊下をもどって来るとき、急に転倒し、半身不随となった。

侍医の井上玄有（げんゆう）によると、中風症だそうな。

「相わかった」

うなずいて信之が、

「いまは医薬の助けによって、恢復をねがうよりほかに、道はあるまい」

むしろ、苦にがしげにいったのである。

治助と平五郎は、顔を見合せるのみで、返すことばもなかった。

そして……。

六日後の、明暦四年二月五日（現代の三月八日にあたる）未ノ下刻（午後三時）に、藩主・真田信政が歿した。

信政の略歴を、記しておきたい。

真田内記信政は、藩祖・真田信之の次男に生まれ、幼名を仙千代という。母は信之の正夫人・小松であって、慶長二年に上州・沼田城に生まれた。

慶長五年。父・信之が徳川家康に臣従したので関ケ原戦争の折、人質として江戸へ遣わされたが、家康は信之の誠忠を賞し、仙千代に秘蔵の短刀（吉光作）をあたえたという。

慶長十九年。大坂冬の陣が起るや、信政は、兄・河内守信吉と共に、東軍（徳川軍）に参加。勇猛果敢に戦い、翌元和元年五月、夏の役にも出陣し、功名をあらわした。

元和八年。父・信之に従い、上田より松代へ移り、信政は一万石の分地を領した。

ところが、真田の分家として、沼田三万石を領していた兄・河内守信吉が、寛永十一年に病歿し、その子の熊之助が後をついだが、これまた数年後に病死したので、信政は沼田の内、二万五千石を父からあたえられ、松代から沼田へ移った。十数年後……すなわち明暦二年十月、父・信之の隠居願いが江戸幕府にききとどけられたので、信政は老父の跡を襲い、松代へもどって十万石の城主たること、わずか六カ月に足らぬうち、発病して数日後に歿した。

円陽院威良一中大居士と諡し、松代の長国寺へ葬むられた。


さて……。

真田信政は、死にのぞみ、金井弥平兵衛(やへいびょうえ)・赤沢助之進(すけのしん)の両家老を枕辺へ召し寄せ、まわらぬ舌を必死にあやつりながら、遺言状を口述した。

死の三日前のことであった。

信政の死が公式に発表されたのは、死後五日目になってからである。

松代藩・真田家のうごきは慎重をきわめた。

信政は、遺言状のほかに、幕府老中に対し、

「……せがれ一人、御ざ候。何の御用にもたち申さぬせがれに候えども、御情によって名字相立ち申すように、おおせつけられ下され候よう、おのおの様へ御たのみ奉りあげ候」

と、嘆願している。

この書状は、信政が両家老にたすけられて、自ら筆をとったといわれる。

満一歳の愛児が、自分の後つぎとして家督をゆるされるようにと、信政は切なげに幕府へうったえている。

なんといっても、当の右衛門佐が生まれたことを、信政は幕府に届け出ていない。

これでは、家督相続のゆるしを幕府から得るについて、不利をきわめることになる。

真田信政にとって、右衛門佐は只一人の男子であった。

六十をこえてから側妾に生ませた子だけに、信政としては、いささか恥ずかしくもあったらしい。折しも前年の正月十八日に、将軍ひざもとの江戸に大火があって焼死者・十万八千を数え、江戸城までも類焼におよんだ。

このため、日本の政治・経済の中核である江戸は、大混乱の様相を呈し、幕府当局は、江戸復興に繁忙をきわめていた。

むろん、真田家の江戸藩邸も焼亡してしまった。徳川家康の入国以来、六十余年間に目ざましい発展をとげた江戸の町の大半が焦土と化したのである。

信政が、

（いますこし、江戸の様子が落ちついてから、右衛門佐の出生をとどけ出てもおそくはない）

と、考えたのも当然であろうし、まして、わが子の〔相続願い〕を幕府に提出し、これがゆるされ、将軍の引見をうけるのは四、五歳になってからが常例であった。

いずれにせよ信政自身、こうも早く世を去る日を迎えようとは、夢にもおもわなかった。

それが今度の場合の手おくれになった。

また、単なる手おくれではすまぬ事情が、真田家にはあった。

一当斎信之は、信政の遺言状の内容を耳にするや、

「内記め。わしには一言も置いてゆかなんだわい」

と、これもいまは隠居している元老臣の鈴木右近忠重(うこんただしげ)のみへ洩(も)らした。

そのとき……。

真田信之の老顔には苦笑が浮かんでいたけれども、その声には、こらえきれぬ思い

が沈痛にこめられていたのだ。

四

真田の本家は、信州松代十万石。

分家は、上州沼田三万石である。

真田信之は九十を越える高齢に達するまで、本家の城主であった。

そして……。

分家には、はじめ長男の河内守信吉を入れ、信吉亡きのちは、その子の熊之助が後をつぎ、これまた四歳にして夭折したため、

「内記が沼田へまいるように」

と、信之は、それまで手もとに置いていた次男・信政を沼田城主にすえた。

信政は、三万石のうち五千石を、亡兄・信吉の妾腹の子・兵吉にあたえて、沼田に近い小川城へ入れた。

むろん、これも父・信之の指図によってのことである。

当時の兵吉は五歳の幼童にすぎぬ。

「沼田城主とするには、こころもとない」

と、信之は考えたのだ。

自分が隠居したあかつきには、信政を沼田から呼びもどして松代十万石の本家をゆずる。

そのころには兵吉も成長していようから、あらためて沼田三万石の分家の主にすえよう。

これが、信之の計画であって、現に去年、そのことが実現したわけだ。

兵吉はいま、真田伊賀守信利となり、二十四歳に成長し、沼田三万石の城主となっている。

さて、そこで……。

この伊賀守信利にしてみれば、

「……むかしは、自分が幼いからというので祖父は叔父（信政）を沼田城主となした。ほんらいならば当時、分家の主であった父（信吉）の子である自分がうけつぐべきはずだったのだ。

ならば今度は、叔父の後をつぐべき子が、わずか一歳の幼児にすぎぬのだから、自分が松代へ移り、十万石の本家をうけつぐのが当然ではないか」

という理屈も成り立つ。

成りたったところで、幕府と将軍が、一歳の右衛門佐に、

「本家の相続を……」

ゆるしてくれれば、別に問題はない。

ところが、

「それがむずかしい」

ことになったのである。

なんとなれば、信利の妻は、いまの幕閣において権勢ただならぬ老中筆頭・酒井雅楽頭忠清（うたのかみただきよ）の義妹（忠清夫人の妹）なのだ。

酒井家は徳川将軍の一門といってよい家柄であり、譜代の名門ゆえに、忠清は三十歳の若さで、幕府政治の最高職である老中に任じた。

しかも、現将軍（四代）徳川家綱（いえつな）の寵臣である。

これより数年後に、酒井忠清は老中の上にあって独裁権を揮う大老に任じ、

〔下馬（げば）将軍〕

などと、世にうたわれることになる。

それは酒井忠清の屋敷が、江戸城・大手の〔下馬札（げばふだ）〕の傍にかまえられていたから

で、やがては将軍に匹敵する威風と権力をそなえるにいたる忠清の、幕閣における位置がどのようなものかは、明暦四年の時点においても、容易に察知することができよう。

その酒井忠清が、分家・真田信利の義兄にあたる。

これは信利にとって、非常に強力な背景をもっていることになる。

なればこそ伊賀守信利は、かねてから酒井老中に取り入り、この背景をたいせつにしてきた。

これほど、

「たのみになる……」

背景はないといってよい。

将軍あっての諸国大名であり、幕府あっての諸国大名なのである。

老中・酒井忠清を中心にうごいている幕府の圧力をもってすれば、年齢の上で不利な右衛門佐の、

〔本家相続〕

は、幕府によってにぎりつぶされ、そのかわりに、分家から真田信利が乗りこんで来る公算は大である。

もともと、真田分家と酒井家との関係は深い。

伊賀守信利の父・信吉の妻は、忠清の祖父で、初代徳川将軍家康の股肱とうたわれた酒井忠世のむすめであった。

だから伊賀守信利は、酒井忠清にとって義理の従弟にもあたるわけだ。

真田信利は、後年、暗黒政治をおこない、たまりかねた幕府が、これを取りつぶしたほどであるから、虚飾享楽への欲望が熾烈であった。

そうした性格は、信利の生母・慶寿院によってつちかわれたものとおもわれる。

すでにのべたように、真田信之は、孫にあたる信利を幼少の故をもって、はじめは五千石の捨扶持をあたえ、分家を相続させなかった。

それが生母の慶寿院にとっては、たまらなく口惜しかったらしい。

自分が正夫人ではなく、側妾であるがゆえに、わが子がこうしたあつかいをうけねばならぬのだ、と、おもいこんだものらしい。信之の温情がわからなかった。

このため、慶寿院は、わが子信利が、

「ふびんで、ふびんでならぬ」

といい、溺愛のかぎりをつくしたのである。

その結果が、将来、一国の城主となるべき信利に、どのような影響をおよぼしたか、いうべくもあるまい。


慶寿院は、分家をつぐことが出来なかったわが子へ、まるで子守唄のように鬱憤をもらし、嘆きぬいた。

　〔沼田町史〕は、つぎのごとく、信利を評している。


　信利は生長するにつれて、母の心に影響され、わがまま育ちの上に将来への期待と不安が錯綜し、男子としての強い信念を養うことができなかったのである。

　従って、意志の薄弱なわがまま者となってしまい、しかもその境遇に対する不満を抱きながら、将来の沼田城主であるという自負の心の下にはぐくまれたのであるから、そこに、やや反動的な暴君的色彩を有していたことも、また事実であったろう。

　といっても、あくまで、強烈な自我の表現に徹するといういわゆる暴君とはわけがちがい、ただ、いたずらに、沼田城主としての華美な生活を実現したいというのが、せめての望みであったのだから、きわめて形式の小さい暴君であったと考えられる。


　まことに、簡潔明快に真田伊賀守信利という人物を浮きあがらせている。

「沼田城主としての華美な生活を実現したい」

という欲望が、その沼田城主となっているいま、さらに本家の十万石の主になろうという欲望にふくらみ、むすびつくのだ。これは信利のような男の性格がよぶ当然の帰結といわねばなるまい。

さらに〔沼田町史〕は、つぎのようにのべている。

尚、信利には、これを人間的に矯正すべき教養というものがなかったようである。それは、その一生において、彼が歌も詩も、そうした何物も残していないのをもって見ても、あきらかである。また彼信利について考えるならば、彼の父・真田信吉は温厚な人物であったことに間ちがいはないとおもうが、彼の母・慶寿院は……（中略）その身分があきらかにされていないところより見ても、たしかに、あまり身分のある家のむすめではなかったにちがいない。

而して、別段、身分もない者のむすめが大名の側室になったということは、容貌の美しかったであろうことはもとより、且つ、才人であり、また栄達欲の強かったであろうことも、容易に、想像できる事である。こうした母の子として生れ育った伊賀守信利である以上（中略）彼には、城主としての威厳と風格を保つべき武士的教養というものが欠けていたようである。

したがって、以上の諸事情よりして、彼信利の思想と精神は、きわめて表面的であり、且つ、軽浮な物質的俗思想を離れることができなかったのであった。

真田内記信政が、死にのぞみ、幕府老中へあてた嘆願状を自らしたためた必死懸命の胸裡にひそむものが何であったか……およそ、なっとくができる。

それは、隠居した一当斎信之にとっても、おなじおもいなのだ。

しかも信政は、父・信之への遺言を残していない。

これは信政が、本家を相続する日の、あまりにも遅かったことを、

「根にもって……」

いたからである。

本家の主としてすごした月日は、一年にみたぬ。

九十をこえてまで、何故、父は自分に本家をゆずりわたしてくれなかったのか……

これは、あまりにも常識を外れているではないか。その鬱憤が信政にあったからだ。

五

松代の、真田家の本城は〔海津城〕とよばれた。

戦国時代に、甲斐の武田信玄が越後の上杉謙信の来攻に備え、軍師・山本晴幸に命じて築城せしめたものだ。

永禄四年の秋。武田・上杉の両軍が川中島で大会戦をおこなったとき、海津城は武田軍の根拠地となり、甲州から出陣して来た総帥・武田信玄を迎え入れた。

その折には、一当斎信之も弟の幸村も、まだ生まれてはいず、祖父の真田幸隆と伯父の信綱が兵をひきいて武田軍に参加している。

その海津城中で、真田家の老臣・重臣たち十四名が参集し、秘密会議がおこなわれたのは、二月八日の朝であった。

先ず、家老の一人で、故内記信政にもっとも信頼をされていた金井弥平兵衛が、信政の遺言状を読みあげた。

もっとも、幕府老中へあてた嘆願状のみは封印のままとし、その下書きを読んだ。

これらの遺言状の内容を知っているものは、この席に居ならぶ重臣のうち、直接に信政の遺言状作成に介添をした金井・赤沢の両家老のほか、これも家老の大熊正左衛門のみである。

大熊家老は、一当斎信之が、この城の主であったころ傍近くにつかえて信頼が深く、

信之が隠居するにあたり、家老職を投げうっても、

「お傍につかえたい」

と、熱望した。

それを信之が、

「おぬしのような男がいて、内記をたすけてくれなくては、わしが安心してあの世へ行けぬではないか」

と、説得するのに骨を折ったそうな。

そうした間柄であったから、信政の遺言状の内容を、金井・赤沢の両家老から、

「かまえて、他言なさるまじ」

と、念を入れられていたにもかかわらず、大熊正左衛門は、ひそかに柴村の隠居所へ伺候し、信之の耳へつたえておいた。

それだけに、秘密会議の席へ列席した大熊には、

「期するところ」

が、あった。

大熊は、先ず、遺言状の内容を〔大殿〕の信之につたえ、信之の意見をきいたほうがよい、と、発言をしたのである。

「大殿からも、右衛門佐様御家督のことを、将軍家や幕府へお口添えしていただいたなら、首尾も一層、よろしかろうとおもう」

これが大熊正左衛門の信念であった。

すると、金井・赤沢の両家老が異口同音に、

「それは、なりますまい」

という。

さらに、山越左内（やまこしさない）・望月金太夫（もちづききんだゆう）・原主膳（はらしゅぜん）など七名の〔沼田衆〕が、両家老と共に、

「申すまでもござらぬが、亡き殿の御遺言には、一言も大殿へのおことばがない」

「大殿は、さぞ御不満をおぼえさせ給うにちがいない」

「なれば、もしも大殿がお怒りあそばされ、御遺言状を召しあげられたまま、われらの手へおもどしにならぬ、ということも考えられる」

「そのことじゃ。まさに、そのことじゃ」

などと、大熊正左衛門に反対をした。

〔沼田衆〕というのは、亡き内記信政が沼田城主であったころからの家臣たちをさす。

金井・赤沢の両家老も、沼田衆である。

信政は、分家から本家へもどるにあたり、分家の家臣の一部をつれて来た。だが、

その三分の一ほどは依然、沼田に残って新藩主の伊賀守信利へ奉公をつづけている。

本家分家のちがいこそあれ、たがいに見知らぬ間柄ではないのだから、問題はないようにおもえるのだが、実はむずかしい。

いま、〔沼田衆〕が心配をしていることは、
死にのぞんだ信政が、父・信之を無視したことによって、信之が激怒し、遺言状を取りあげ、

「ぜひとも、わが子に本家を相続させたい」

との、信政の熱望を、

「いや、右衛門佐は、まだ赤子同然ではないか。それよりも沼田から伊賀守を迎え、本家をつがせたほうがよい」

と、しりぞけてしまうやも知れぬ。

それが怖い。

信之は、以前にも、沼田分家を相続すべき信利を「まだ幼いから」と、しりぞけ、信政を分家へ入らしめたではないか……。

信政の死は、まだ公表されていない。

いないがしかし、沼田の伊賀守信利の耳へ、

「とどいていると見てよい」

のである。

信政の死を知っている人びとへは、きびしく緘口のことをいいわたしているけれども、沼田衆の中には、

（とても右衛門佐様の御相続はかなうまい）

早くも見きわめをつけ、いまのうちに伊賀守信利へ忠誠のしるしを見せておこうとして、策動をしている者もいないとはかぎらぬ。

いや、そうした気配は、眼に見えなくとも、かえって濃厚に感じられるのだ。

しかも、信之時代から松代に在った〔本家派〕と〔沼田派〕は、事あるごとに反目し合う。いうまでもなく松代では、本家派のほうが人数も多いし、勢力もつよい。

〔沼田衆〕はこうして二つの派に別れつつあった。

だから沼田派には、

「本家のものは、われらを継子あつかいにする」

その、ひがみがある。

これはまだ、一当斎信之が隠居する前のことであったが、しみじみと、長老の鈴木右近へ、こうもらしたことがある。

「われらは、なまじ沼田に分家があるゆえ、ことごとに気をつかわねばならぬ。わしが老いさらばえて尚、こうして隠居もできぬのは、一にそのことがあるからじゃ。信吉が生きてあったなら、わしはもう二十年前にしりぞいていたろうが……」

信之は長男・信吉にのぞみをかけてい、次男・信政の資性を、あまり高く評価していなかった。

(いったん信吉に分家させ、いますこし、わしが本家を見て、世の中がすっかり落ついたなら、信吉を本家へもどし、信政に分家をつがせよう)

というのが、信之の構想であったらしい。

はなしを、秘密会議の席へもどそう。大熊正左衛門は、尚もあきらめずに、一同を説得しつづけ、ついに、

「もしも大殿が、御遺言状をお返し下さらぬときは、われらがその場にて腹を切ろうではないか」

と、決意のほどを見せた。

それで、一同も大熊の主張を容(い)れることにしたのである。

真田家の老臣・重臣に、眼の前で切腹されては、いかな一当斎信之といえども、たまったものではないし、幕府の耳へこれが達すれば、ただごとではすまぬ。

「では、すぐさま大殿に……」

というので、

「これから伺候してかまいませぬか？」

との、重臣たちの意をつたえに、堀平五郎が騎乗で柴村へ馳せ向った。

この日も、雪であった。

信州・松代の城下町は江戸から五十六里。

中仙道の屋代宿から妻女山のふもとを東へ入ったところである。

保基谷(ほきや)・高遠(たかとお)の山脈に抱きすくめられたかたちの松代城下は、千曲川の彼方、西北にひろがる善光寺平（現長野盆地）をのぞむ。

晴れた日には、善光寺平の彼方に戸隠(とがくし)・飯縄(いいづな)の山々を見ることができた。

武田・上杉両軍が死闘のかぎりをつくした川中島の古戦場は、松代城下の北西一里のところにある。

だが、いま御城を出て柴村へ向う堀平五郎の眼には、風に舞う粉雪のみが見える。

松代の雪は、真冬でもさらさらとしていて、ふりつづいてもひどくは積もらぬ。

冬の寒気はきびしいものだが、頃日(けいじつ)はどことなく寒気がゆるみ、春の足音が鉛色の空の壁の彼方から、微かにきこえるようなおもいがする。

騎乗の堀平五郎は城下をぬけ、寺尾の村をすぎ、鳥打峠の山裾の道を柴村へ向いつつあった。

重臣たちは、隠居所の大殿へ使者をさし向けるとき、きまって平五郎を用いる。それもこれも、彼が大殿の〔お気に入り〕だからである。

「平五郎を見ていると、な……」

と、いつか一当斎信之が、こういった。

「よく肥えた尨犬（むくいぬ）が日だまりに寝そべっていて、おのれの餌を盗み喰いする野良猫をねむたげに、やさしゅう見まもっているような……そのようなおもいがするわえ」

逆境の人には親切をつくし、成功の人へは祝福を投げかける。それが堀平五郎なのである。

道には人家もなく、人影もなかった。

蓑、笠をつけた平五郎がひとり、馬を打たせて行く。

と……。

前方の雪の幕の底から、人影がひとつ、にじみ出すようにあらわれた。

中年の旅の僧であった。

平五郎は笠をあげて、旅僧を見た。

旅僧も笠をあげ、馬上の平五郎を見とめた。

両者は、雪の道ですれちがった。

そのときである。

堀平五郎の右手から、何か小さな物が道へ落ちた。

平五郎は、それにまったく無関心の様子で、馬足を速め、たちまちに遠ざかって行く。

旅僧が、屈(かが)みこんで草鞋の緒をむすび直しにかかった。

むすび直しつつ、旅僧は、平五郎が落していった小さな物をひろいあげ、す早くふところへしまいこみ、すぐに立って歩み出している。

このありさまを見ているものは、空から舞い落ちる無数の雪片だけであった。

旅僧は、道を左へ切れこみ、山林の中へふみこんで行った。

林の中で、旅僧は小さな物を取り出した。

それは、長さ三寸ほどの細い竹筒である。

その竹筒の中に、二枚の薄紙に細字でしたためられた密書が巻き込まれていた。

旅僧は、その密書の内容を三度ほど、くり返して読み終えると、密書を粉ごなに破り捨て、竹筒も捨て、どこへともなく消え去って行った。

二　塗師・市兵衛

一

柴村の隠居所へ使者に立った堀平五郎は、重臣たちが苛だちつつ待ちうけている城内へもどり、

「大殿の、御ゆるしが出ましてござります」

と、報告をした。

「すりゃ、まことか……?」

家老たちが、ほっとして、

「お怒りあそばしてはおられなかったか?」

「はい。すぐにも伺候いたしたきむね、おつたえ申しあげましたところ……」

「かまわぬ、いつにてもよい、と、おおせられました」

「大殿が、か？」

「はい」

では……というので、十四名の老臣・重臣たちが、雪の中を柴村へ急行した。

ときに、明暦四年二月八日の未ノ上刻（午後二時）という。

一当斎・真田信之は、伊木彦六に介添されて居間から渡り廊下を下り、書院へ入った。

すでに、重臣たちは、次の〔使者〕の間にいて、信之のあらわれるのを、それこそ、

「固唾をのむおもい……」

で、待っていた。

「みなのもの。こなたへ入れ」

書院から、信之が声をかけた。

重臣たちが恐る恐る、小腰を屈めて入って来、いっせいに平伏をした。

信之は、にんまりと笑い、

「内記は、わしに言葉を遺して行かなんだそうじゃの」

「ふむ、ふむ……」

と、いった。

「恐れ入りたてまつる。そのことにつきましては……」

家老・金井弥平兵衛がひざをすすめていいさすのへ、

「よい、相わかった。そのほうたちに責任あるわけではない」

「ははっ」

「で……今日は何事じゃ？」

「恐れながら、亡き殿の御遺言状を御披見下されましょうや？」

すぐに、うなずいた信之が意外にも、おだやかな声で、

「見てもよいぞ」

そういわれて、重臣たちの間に、声なきどよめきがわいた。

ここへ来る前に〔沼田派〕の重臣たちは、内記信政がみずから筆をとってしたためた遺言の本状を、

「もしも、万一、大殿がお返し下さらぬと困る。これは写しをとって、それをごらんに入れたほうがよいのではあるまいか……」

と、いい出したのを、〔本家派〕の家老・大熊正左衛門が、

「何を申される。そのようなまねをいたしたなら、すぐさま、こちらの肚の中を大殿

はお読みあそばしてしまうではないか。そうなれば尚更に、大殿のお怒りを、こちらからもとめるのと同じことになる」

強く、押しとどめたのであった。

真田内記信政が死にのぞんで、金井・赤沢の両家老へ口述した遺言状と、自筆の、幕府への嘆願書の二通を金井家老がさし出すと、これを受け取った一当斎信之は、さっと一読するや、

「ほれ……」

軽い揶揄をふくんだ微笑と共に、二通の書状を金井弥平兵衛へ返してよこした。

あまりに、事もなげな信之の態度に、金井は冷汗をかいた。

(これなら、大丈夫……)

と、感じたらしく、重臣たちの緊張がほぐれ、たがいに安堵のうなずきをかわし合い、金井家老もこころやすげに、

「その、亡き殿の御遺言につきまして、ぜひとも大殿のおちからを……」

いい出たとき、信之が急に声を荒らげ、

「内記の仕様について、わしは、ゆるしがたいところがある」

きびしく、いいはなった。

信之の老顔の、深いしわに埋もれていた両眼が、空間へ飛び出したような、するどい眼光であった。

重臣は息をのみ、青ざめた。

「内記が幕府そのほかへ遺書をしたためながら、父であるわしにあてた言葉がないのは、はなはだもって不埒である!!」

信之は、やはり、激怒していたのだ。

「内記が、さように、わしをないがしろにするのであれば、向後の家督相続のことなど、わしの知ったことではない。いかようにも、そのほうどもが好き勝手にはからえばよいではないか」

顔を伏せ、重臣たちは一語も発することができなかったが、さらに、そのつぎの一当斎信之のことばは、彼らを震撼せしめた。

「わしはもう、九十を越えた。何も彼も打ち捨て、安らかな死を迎えるのみじゃ。真田十万石が何であろう。長年にわたって仕とげることは仕とげ、それを内記やそのほうどもへゆずりわたしたのじゃ。この上、面倒なことをせよというのならば畳の上の蚤をつぶすことさえも嫌じゃ。かくなれば、もはや、この松代にもこころは残らぬ。この身ひとつを運んで京へでもおもむき、好きなことのみをして、残りすくない月日を送るつもりじゃ」

二

二通の遺言状は、円滑に返してくれた大殿だが、

「あとのことは好き勝手にせよ」

と、突きはなされて、重臣たちが、その場で返すことばもないうちに、

「もうよいわ。城へもどって、その知恵足らずの白髪頭をあつめ、談合でもしたらよい」

信之は、伊木彦六をよび、彦六にたすけられて書院から去った。

困惑の一同に、大熊正左衛門が、

「いずれにせよ、今日は、いかようにもなるまい」

といい、隠居所を引きあげることにしたのである。

重臣たちが、松代城下へもどってから間もなく、信之は、侍臣の師岡治助をよび、

「小太(こた)の爺に、来てもろうてくれ」

と、命じた。

小太……すなわち小太郎。

それは、元老臣・鈴木右近忠重の幼名なのである。

右近はいま、信之より八歳年下の八十五歳で、隠居してからは〔閑斎〕と号している。

右近の父・鈴木主水は、むかし、上州・沼田城（現沼田市）の近くの、名胡桃の城主であった。

現在の上越線・後閑駅の近くに、この城の址が残っている。

天正十七年（西暦一五八九）といえば……。

日本諸国に百年も打ちつづいていた戦乱の時代が、織田信長によって一応ととのえられ、その後を、豊臣秀吉が統一して六年ほどを経たところであった。

そして信州の一武将から擡頭し、すさまじい権謀術数と絶え間もない戦闘に生き残った真田家は、豊臣秀吉に臣従し、上信二州に必死でまもりつづけた領国を安堵されたわけだが……。

しかし、沼田城だけは、以前から関東（小田原城）の北条家と真田家の争奪が烈しく、豊臣秀吉の調停で、ようやくに決着がついたところであった。

ときの、真田家の当主は、信之の父・昌幸だ。

秀吉は昌幸へ、

「わるいようにはせぬから、沼田の城は北条へ返してやれ」

と、いってよこした。

昌幸も、天下人の秀吉にそういわれては、従うよりほかはない。

「ではせめて、名胡桃の城だけは、われらの手へ残しておいていただきたい」

真田昌幸の、このねがいは、秀吉にききとどけられた。

沼田は北条家へ返しても、沼田に近い名胡桃だけは確保しておきたい。

そして、絶えず、北条氏政のうごきを見張っていなくては、

「安心ができぬ」

と、いうのである。

こうして、真田昌幸は麾下の宿将・鈴木主水に、名胡桃城をあずけたのであった。

それから、約五カ月を経て、突如、名胡桃城が北条氏政に奪い取られた。

これは、城方に入っていた北条方が裏切り、城門を内側からひらき、味方をひき入れたのだ。

しかも、北条氏政は、真田昌幸の偽筆の書面を鈴木主水へとどけ、

「すぐに、上田へ来るように……」

と指令したので、主水はこれを信じ、城を出て、真田家の本城がある信州・上田へ向った後に、城が謀略によって奪取されたのである。

主水は、この失敗を恥じ、引き返して城外の正覚寺へ入り、真田昌幸への申しわけに、切腹して死んだ。

そのとき、主水の子の右近は、十六歳で、母の堀切御前と共に、北条方に占拠された城内に監禁された。

この異変は、豊臣秀吉を激怒させた。自分が折角に調停したものを、

「北条氏政は、みだりに事をかまえ、天下の平穏をやぶった。これは、まことにもってけしからぬ」

というわけだ。

天下の平穏をやぶるような大名は、

「そのままには、しておけぬ!!」

というわけで、ここに秀吉の北条氏政討伐の名目ができたことになる。

年が明けた天正十八年二月。

豊臣秀吉は諸大名に動員令を下し、小田原へ攻め寄せた。

のちに、真田昌幸は、

「殿下（秀吉）も、喰えぬお方よ。わしに、沼田を北条へ返させたのも、図に乗った北条氏政が手を出すのを待つためであったのじゃろう」

と、信之に語ったことがある。

こうして、秀吉は関東を征服し、これを徳川家康にあたえ、名実ともに、

「天下統一」

を、なしとげたのであった。

そうなると、名胡桃城も沼田城も、真田家の手にもどった。

真田昌幸は、長男の信之を沼田城主として、

「沼田領をおさめよ」

と、いった。

これがつまり、沼田分家のはじまりなのだ。

いずれにせよ、北条家がほろびたからは、名胡桃の城も不用となったので、少年の鈴木右近は、

「沼田の信之に、つかえてくれい」

との真田昌幸のことばに従い、信之の家臣となったのである。

以来、信之と右近の主従関係は、語りつくせぬ苦楽の反復が織りなす〔歴史〕をき

ざみつつ、七十年もつづいてきたのであった。

この間、一度だけ、右近は信之に反抗し、真田家を去ったことがある。

後年、右近は信之に呼び帰されたが、このときの事は、いずれ、ふれなくてはなるまい。

七十年の主従というものは、他に類例を見ない。

主従というよりも、友であり、友というよりも、むしろ、信之がいうように、

「兄弟のごときもの」

になってしまった。

たとえば、一当斎信之の胸ひとつにたたみこまれているとおもわれる秘密も、鈴木右近なら知悉(ちしつ)していよう。

一昨年の夏のことであったが……。

当時は、まだ真田本家の当主として松代城にあった真田信之を、すでに隠居している鈴木右近がたずねて来たとき、二人そろって城内・二ノ丸の庭を散歩したことがある。

庭の築山へのぼりかけた信之が、呼吸を荒らげてのぼりかねているのを見た右近が、にやにやと笑いつつ、

「殿が、かようになり果てようとは、おもいもよらなんだことでござる」

遠慮もなくいって信之の手をとり、築山へ引きあげた。

信之は苦笑し、

「これほどの築山へのぼりかねるようでは、死出の山路をどうして越えたら、よいかな?」

たわむれにいったのを、右近はまじめ顔でうけとめ、

「さよう……」

急に、ことばがつまったかとおもうと、満面に泪(なみだ)をあふれさせ、

「殿の死出の山路が、いかほどの嶮岨(けんそ)であろうとも、それがし、かならず、御手を引き申すでござろう」

一語一語に、異常なちからをこめていったものだ。

信之は、こたえなかった。

右近の言葉は、殉死を意味している。そのときは、

「ゆるす」

と、いわなかったが、

(わしが死んだ後には、八十をこえた右近も生きてある甲斐もなかろう)

とも、考えている。

それから二年。信之も右近も、まだ生きている。

三

鈴木右近忠重が、隠居所へあらわれたのは、申ノ上刻(午後四時)ごろである。

雪の日でもあるし、外の夕闇は濃い。

八十五歳の右近は、供もつれずに騎乗でやって来た。

信之の使者に立った師岡治助が、

「それがし、御老体のお供をつかまつる」

と、いい出たのへ、右近は、

「何を申す。早うもどって、わしが伺候いたすことを大殿へつたえよ」

断固として、はねつけたそうな。

右近を出迎えた師岡が、

「お待ちかねでおわします」

「大殿のごきげんは?」

「別だんに……」

「ふむ。さようか……」

大廊下に立って、鈴木右近は、しばらく沈思していたが、

「では、まいろう」

師岡の案内で、渡り廊下をのぼり、信之の居間へ向った。

「おお……馬へ乗って、ひとりでまいったとな」

一当斎信之が、

「いつまでも、丈夫なことよ」

と、弄うた。

「なかなか……」

「先刻、城中から、年寄どもが、たくさんに押しかけてまいっての」

「ははあ……」

「いかがいたそう」

「さよう……」

と、くわしくは語らずとも、これだけの会話で、右近は信之のいわんとすることが、すべてわかってしまうらしい。

小柄だが、若いころのたくましい筋骨をしのばせる躰を、鈴木右近は炉端へ寄せて来た。

柚子の皮のように毛穴がひらいた、ふとい鼻がひくひくと、うごいている。

「大殿。これは……」

「これは？」

「年寄どもの出方ひとつでござろう」

「ふむ……」

「年寄どもが、死ぬるを覚悟せねばなりますまい」

「ふ、ふ……相変らず、強(きつ)いことよの」

「なれど、さようでのうては、大殿もお気が乗りますまい」

「いかさま……」

「ばかものどもめが……」

と、右近は舌うちをした。

「先刻、伺候いたした年寄どもめ。大殿のお怒りにふれたるとき、すぐさま、その場にて腹を掻っ切って見せたがよかったのでござる」

「ほほう……」

「さすれば大殿も、よもや、むざむざと年寄どもに腹切らせはなされますまいに……」

「よう、看(み)ることよ」

「つまりは、さほどに、武士精神(もののふごころ)も、廃(すた)れてしもうたのでござる」

「もののふとか……古めかしいことよ。ふ、ふふ……」

伊木彦六をも遠ざけて、この老主従は、それからかなり長い間、何やら密談をつづけていたようだ。

夜に入ってからも、雪は熄(や)まなかった。

信之が自分を呼ぶ鈴の音をきき、伊木彦六が急いで居間へおもむくと、

「爺は、ここへ泊るぞよ」

「心得ましてござります」

「酒をたのむ。熱い汁と飯の仕度もしてあるか？」

「はい、すぐさま……」

横合いから、彦六をながめていた鈴木右近が、

「彦六よ。このごろは、だいぶんに、しっかりとしてまいったな」

「は……」

「以前、少年(こども)のころに御城へ出ておったときは、失敗(しくじり)ばかりしておったに……」

　すると、信之が、

「このごろは、彦六も、喰えぬやつになってのう」

「ははあ……?」

　これは、右近にもわからぬ。

　伊木彦六は、両手をひざへ置き、うなだれていた。

　だが、先日の朝のときのように、ふるえおののいてはいない。

　緊張し、青ざめてはいるけれども、覚悟をきめたように見える。

　おそらく彦六は、侍女・波留との密会を、

(大殿は、さとっておわす)

　と、感じているにちがいない。

　どのような処罰をうけてもかまわぬ。自分はかまわぬがしかし、波留のことが気にかかってならぬ。また、もしも信之にさとられているのなら、こちらから、いさぎよくすべてを自供すべきではないか……それとも、信之がいい出すのを待つか……。

　そのあたりの決断が、なかなかつかないようにも見える。

　波留は、あの日以来、発熱急病の故をもって、松代城下の父の屋敷へ帰っていた。

父の守屋甚太夫から、師岡治助へ、このことが届け出され、師岡の口からきいて信之は、

「さようか、発熱とな。ふむ、ふむ。ゆるりとやすませてやるがよい」

と、いっておいた。

ところで……。

伊木彦六が酒食の仕度を命じるため、居間から去ったあとで、鈴木右近が、

「大殿。彦六が喰えぬやつ、と、おおせられまいたは？」

「別に、何のこともない。おぬしが申したとおり、このごろはだいぶんに気ばたらきをするようになった、と申すことよ」

「ははあ……」

まだ、右近は解しかねる様子であった。

居間で、主従は酒をのみ、食事をした。

給仕は、師岡治助がつとめた。

「彦六は、いかがいたした？」

「御用でもござりますか？」

「いや、別に……」

「朝より、お側近くにはたらきつづけておりましたので、私めが替りましてございます」

と、師岡は、いうべきことをはっきりという。

それも、隠居所へ来てからの信之が、

「これからは、そのようにせよ。わしも、もはや長い命ではないゆえ、いちいち堅苦しゅう遠慮をされたりしては、かえって、こちらがくたびれてしまうゆえ……」

と、一同にいいわたしたからであった。

「波留の病気は、いかがじゃ？」

熱い味噌の汁に、白いあごひげがぬれるのもかまわず、九十三歳の老齢とも見えぬ健啖を発揮しつつ、信之が問うた。

「はい。それが、先程、守屋家より届け出てまいりましたが……」

「暇(いとま)をくれ、とでも申しているのか？」

「いえ、さような。病気本復(ほんぷく)にて、明朝より……」

「もどって来るのか？」

「はい」

「ほう……それは、何よりじゃ」

彦六と波留が密会をしていようとも、これをとがめる気もちはまったくない。

それよりも、若い二人を、

「ちょと弄うて見よう」

と、退屈しのぎにおもったまでのことだ。

（なれど彦六めは、あのように見えても、おもいつめると、何を仕出かすや知れたものではないところがある）

これからは、二人を弄うのはやめようと、信之はきめた。

いまの自分にとって、身のまわりを世話してくれる彦六と波留は、

（わしの手足のようなものじゃ）

二人をおどろかせて、その手足を失うようなことになれば、これほど莫迦気たことはない。

この夜。

鈴木右近は亥ノ刻（午後十二時）ごろまで、信之の居間で密談をかわしていた。

信之の夕餉の給仕をすませてから、城下の自邸へ帰る師岡治助が、伊木彦六へ、

「今夜は、ただごとでないような気がする」

「と、申されますのは？」

「大殿と御老体の密談が長すぎる。御家の一大事についての御談合であろうが、おぬし、万事に気をつけてくれい。他の者へも、わしから申しておく」

「心得ました」

夜ふけてから、信之に酒の仕度を命ぜられ、彦六が居間へおもむくと、信之と右近が頭を寄せ合うようにし、暗い面持で低声に語り合っていた。

彦六は、胸をつかれた。

今度の騒動が、容易なことでは解決がつかぬ、という実感が、その信之と右近の姿からにじみ出ていた。

四

翌朝は、雪晴れであった。

陽光が、ようやくに春の明るさをたたえはじめたようだ。

前夜、隠居所へ泊った鈴木右近が城下へ帰らぬうちに、三人の家老が馳せつけて来た。

大熊正左衛門、金井弥平兵衛、赤沢助之進の三人である。

三人とも、決死の覚悟をして来たらしい。

三人の顔と、沈静な挙動に、それがあらわれている。

いま一度、大殿の信之に、右衛門佐家督について幕府へ嘆願するための助力を仰ぎ、またも信之がはねつけたら、その場で腹を切るつもりの三人であった。

三人は、使者の間で一刻（二時間）ほど待たされた。前夜おそかったので、一当斎信之が目ざめなかったのだ。

信之が目ざめると、波留が入って来た。

「本復したそうじゃな」

「はい」

波留は、眼を伏せている。

信之は、十八歳の彼女のこころを乱すまいとして、万事に、さり気なくふるまった。

しばらくすると、波留も安心したらしく、落ちついてきた。

いずれ、伊木彦六から、その後の信之の様子をきいたのであろうが、

（大殿の、この御様子を見ると……彦六さまとわたくしのことは、お気づきになってはおわさぬような……）

そう、感じたのやも知れぬ。

鈴木右近忠重が、居間へあらわれ、

「御使者の間に、年寄どもが三人……」

「さよう。わしを待っているらしい」

「ちょと、のぞいてまいりましたぞ」

「いかがであった?」

「覚悟をきめておりますようで」

「わしが、はねつければ、腹を切るのか……」

「顔に出ておりまする」

「ふうむ……」

「それならば何故に、わが屋敷で腹を切ってしまわぬのでござろう」

「ふ、ふふ……」

「なまぬるうござる。腹を切ったるのちに、遺言をもって大殿へおねがいいたせばよいのでござる。それが順序と申すもの」

「あの三人に死なれたら、当家が困るわえ。わしも間もなく、あの世へまいることじゃし……」

「いかがあそばされますな?」

「会うてやろう。それほどに、本家衆も沼田衆もこころを一にし、死を覚悟して事にあたるというならば、わしが乗り出してもよい」

「では昨夜、打ち合せたるごとくに……？」

信之が、次の間を見た。

波留の姿がないのをたしかめてから、信之は右近に、こういった。

「いつまでも、はたらかねばならぬことよ」

「御家のため、領国（くに）のためにござれば……」

「よし、よし」

それから、一当斎信之は、書院において三人の家老を引見した。

「覚悟をきめて、まいったようじゃの」

「ははっ……」

ひれ伏す三家老へ、

「相わかったか、わしのこころが……」

「はっ、恐れ入り……」

「内記信政が死にのぞみ、父のわしへ遺言をせなんだ手落ちは、そのほうども年寄の責任（せめ）である。昨日は、そのほうどもに責任なしと申したが、それをそのまま鵜呑みにいたすとは……あきれ果てたるものよ」

三人は、返すことばもなかった。

「こたびのことは、そのほうどもも、ようわきまえているように、なみなみのことでは、右衛門佐の家督はむずかしい」

「はっ」

「わしも、な。沼田の孫（伊賀守信利）が、いますこし、たのむに足る男なれば、むしろ本家へ迎えたほうがよいとおもう。何と申しても、いまの右衛門佐は猿の子のようなもので、当分は役に立たぬ。申すまでもなく、行末は知らず、いまの十万石の当家は一国も同様である。国をまもり、これを治むるは容易のわざではない。たとえ我子といえども、役に立たぬとなれば、他を迎えて後をつがせ、代々相つたえて、家と国をまもらねばなるまい、どうじゃ」

今日の一当斎信之は、三家老を弄うでもなく、焦らすでもなく、率直明快に語りつづけた。

「そのためには、何よりも私事の情を捨てねばならぬ。なるほど、そのほうどもが亡き内記信政を慕いくれて、信政のいうがままに事をはかり、その遺言をまもりぬこうとおもうてくれることは、内記の父として、わしもうれしゅうおもう。おもうが、なれど、家をまもり国を治むる大事の前には、そのような情は無用のものじゃ」

三人の家老は、顔を見合せた。

信之がいうことをきいていると、

（やはり、右衛門佐様の御家督には、御不満らしい）

と、おもわれたからであった。

「わしが、九十を越ゆるまで、めんめんと本家の主（あるじ）をつとめていたのも、また、以前、幼童の信利をしりぞけ、内記信政をもって沼田の主となしたるときも、ただ一つ、家と国のために、もっともそれがよいとおもいきわめたからじゃ」

信之の声は、九十三歳の老齢に達した人のものとはおもわれなかった。

ちから強く、熱情をかたむけて語っている。

家老たちは、うなだれたまま、その大殿の情熱と至誠にうたれ、化石のようにうごかぬ。

「いま、申しのべたことを、よう肚（はら）の中へおさめておいてくれい」

と、信之がひざをすすめ、

「おさめたか、どうじゃ」

家老三人が、同時に、

「おさめまいた」

ほとばしるがごとくに、こたえた。

「よし。ならば申そう。こたびのことは、やはり、右衛門佐に家をつがせねばなるまい。沼田の信利に、本家へ乗りこまれては、行末、家も国も、また、そのほうどもも困ることになろうゆえ……」

一当斎信之の肚は、すでに決まっていたのだ。

「むずかしいことじゃが、わしも、ちからを貸そう」

「か、かたじけなく……」

感動の泪声が、大熊正左衛門の口を割って出た。

「なれど、むずかしいぞよ。わしも、そのほうどもも、他の家来どもも、こころを一にして事に当らねばならぬぞよ。それは、そのほうどもの役目じゃ。信利の背後には、老中・酒井忠清がついておるのじゃ。酒井がついておると申すことは、幕府が、将軍が、沼田の後楯になっていることじゃ。

なればこそ、いざ、事がやぶれ、沼田から信利が本家へ入りこむがごとき事態になった場合、わしも家来どもも腹掻っ切って相果てるだけの覚悟をしておかねばなるまい。それができるか、どうじゃ？　そのほうどもが受け合うのなら、わしも乗り出して見よう。どうじゃ。どうじゃ？」

そのころ……。

鈴木右近忠重は、隠居所を退出し、松代の城下へもどっていた。

そのまま、右近は自邸へ入るかと見えたが、そうではなかった。

城下の道を行く人びとが何人も、右近を見た。

八十五歳の老体を馬に乗せ、雪どけの泥濘(ぬかるみ)をゆるゆると行く鈴木右近の姿を見て、目礼を送った藩士も何人かいる。

それらの人びとの眼には、別だん、右近の行動に怪しむべき何ものも感じられなかったけれども、この老人が自邸へ帰り着くまでに、やってのけた事の意味は深く、まことに奇怪なことであったと、いわねばなるまい。

五

柴村の隠居所を退出した鈴木右近は、寺尾口の番所を通って松代城下へ入った。

城の外濠を右に見て、荒神町の通りを西へ曲がり、馬屋町をすぎ、左折すれば、そこが殿(との)町であった。

殿町は、その名がしめすように、真田家の上級家臣の屋敷があつまっているところだ。

右近の屋敷も、殿町にある。

ところが……。

右近は荒神町通りから、いきなり左折し、高札場の前をすぎて中町へ入った。

中町から伊勢町のあたりは、松代城下の商家が軒をならべてい、あたたかい雪晴れに、眼を細めた人びとの往来が多い。

其所彼処で、しきりに雀が囀っている。

鈴木右近は、依然としてゆるい速度で馬を打たせながら、伊勢町をすぎて右へ曲がった。

このあたりの町家がならぶ区域に、隠居してからの鈴木右近はよく姿を見せる。

騎乗のときも、徒歩のときもある。

「隠居して退屈なのであろうが、それにしても八十をこえて、達者なことよ」

と、藩士たちは、右近の〔散策〕を、このように評しているらしい。

だから、右近にとっては何の用事もない区域に姿をあらわすことは、格別にめずらしくはないのだが、今日の右近を、よくよく注意して見る人がいたなら、

と、感じたやも知れぬ。

中木町、西木町とすぎ、外濠の小橋をわたった右近の馬が、紺屋町へさしかかった。

紺屋町には染色業の家が固まっていたが、他の職人の家も少くない。

で……。

鈴木右近は紺屋町通りを紙屋町まで行くや、くるりと馬をまわして、ふたたび紺屋町へもどって来た。

春をさそう雪晴れの日の散策に厭いて、殿町の自邸へ帰るつもりなのか……と、いうと、そうではなかった。

紺屋町を外濠までもどった右近は、またしても馬をまわし、紺屋町通りをゆっくりと打たせて行く。

これは、何としたことか……。

さらに、だ。

紙屋町へ出ると、前のときと同様に馬首をめぐらし、紺屋町へ引き返して来た。

右近の馬は、外濠の小橋をわたって、中木町へ歩み出した。

今度は、殿町へ帰って行くのかとおもうと、またまた馬首をまわし、紺屋町へ引き返して行ったのである。

そして、紙屋町まで来て反転し、紺屋町通りを引き返し、外濠をこえ、今度こそ、そのまま殿町の自邸へ帰って行った。

この間に右近は、一度も馬から下りなかった。

両眼は、ぼんやりと正面に向いたままで、両側の町家へ視線を移すこともなかった。

道行く人びとはさておき、紺屋町に住む人びとがこれを見かけ、

（いったい、何の御用があって、行ったり来たりしなさるのだろう？）

くびをかしげたのも、むりはなかった。

鈴木右近は紺屋町を、合せて六度も往復したことになる。

鈴木右近と知る知らぬにかかわらず、町の人びとが、それを見て奇異に感じたとしても、右近の行動が、如何なる原因によるものか、だれ一人わかろうはずがないのだ。

こうした鈴木右近の姿を見かけた町びとの中に、塗師の市兵衛も入っている。

市兵衛の家は、紺屋町の中程の南側にあった。

今日はあたたかいので、町家の表戸がほとんど開かれてい、市兵衛の家も同様であった。

はじめ、右近の馬が市兵衛の家の軒下すれすれに通りすぎて行ったとき、市兵衛は

漆の調合をしていた。

その手をとめ、ちらと市兵衛が右近を見たが、あとは漆に向って一心に手をうごかしはじめた。

右近が引き返して来たとき、右近を乗せた馬は、またしても市兵衛の家の軒下を通りすぎた。

市兵衛は、眼をあげなかった。

それから四度、右近は市兵衛宅の前を通ったわけだが、四度とも、道の中央を通って行った。

市兵衛は、眼をあげなかった。

その塗師・市兵衛が、この日の夜ふけになって、鈴木右近の屋敷内へ姿をあらわしたのを見たら、紺屋町の人びとは、何とおもったろう。

案内(あない)を乞うての訪問ではない。

市兵衛が勝手に、一存で、右近邸内へ潜入したのである。

六

鈴木右近の屋敷は、殿町の北面にあった。

表門前の道をへだてて、御城の内濠がのぞまれ、石垣の彼方は城内・二ノ丸である。

右近が隠居してのち、長男の治部左衛門が家督をしたが、いまは江戸藩邸で奉公をしている。

したがって松代の屋敷は、隠居の右近が数少い家来たちと共に、留守居をしているかたちだ。

だが右近は、いったん、わが家を息子へゆずりわたした以上、

「みだりに威を張ってはならぬ」

と、いい、奥庭に面したわら屋根の、小さな別棟へ引きこもっている。

この隠居所は、居間と寝間の二つから成り、それに厠房がついたもので、

「大殿の隠居所にはおよばぬが、これでも、わしの城じゃわい」

右近は、うれしげにいったことがある。

塗師の市兵衛は、だれの眼にもふれず、この右近の隠居所の前へ立った。

顔を布でおおっただけの、いつもの風体なのである。

市兵衛は、紺屋町の子供たちから、

「糸瓜」

などとよばれるほどに、顔が長い。そのくせ矮軀であったから、まことに均衡のとれぬ容姿であった。

年齢は五十をこえたばかりに見えたが、妻も子もない。

無口だが、めったに怒らず、五十男の独り暮しにも倦んだ様子がなく、毎日、仕事に精を出している。

塗師としての腕は、

「非常によい」

とのことだ。

市兵衛は、三年ほど前から松代城下に住みついている。

前には、真田分家の城下・沼田で暮していたのだそうな。

市兵衛は、右近の寝間の戸の外へ屈みこみ、かなり長い間、凝っとしていた。

雪は、ほとんど解けてしまっている。

さすがに、夜になると冷えた。

空に、星が輝いている。

何処かで、猫が鳴いた。

これは、鈴木右近が身辺からはなさぬ牝の愛猫で、名を於順（おじゅん）という。名をつけたのは、むろん、右近自身である。

むっくりとした黒い猫で、一度、右近が、

「おなぐさみにもと存じて……」

と、於順を抱いて柴村へ伺候したことがあった。

信之は、ひと目見るや破顔し、

「それが、於順か」

「さよう」

「むかしの於順とは、だいぶんにちがうのう。黒うて汚ないではないか。於順が、あの世で、おぬしを恨むであろう」

「恨みましょうかな?」

「浮かばれまい」

そういって笑いかけた一当斎信之の両眼の色が、急に凝（こ）って、

「むかしのことよのう」

しみじみといった。

「さよう……」

こたえてうなずいた鈴木右近も、何やら神妙の面持だったという。

信之と右近にとって、どうやら、於順という名の女性(にょしょう)は、共通の追憶をよんだらしい。

それはさておき……。

戸外に屈みこんで、うごこうともせぬ塗師・市兵衛の背後の戸が、音もなく開き、
そこから人の腕がさしのばされた。

鈴木右近の腕なのである。

右近の手が、市兵衛の背を、かるくたたいた。

すると、市兵衛が立ちあがり、するりと屋内へ消えた。

戸が閉まった。

どこかで於順が、また鳴いた。

そのころ、柴村の隠居所では……。

一当斎・真田信之が、幕府老中へあてて嘆願書をしたためている。

つぎのごとくだ。

一筆啓上候間、同姓内記信政、このたび不慮に相果て申し候。倅右衛門佐幼少に御座候えども、跡式(あとしき)の儀おおせつけ候ように各々様へ願いたてまつり候のよし、内記より申し置き候之間、ひとえに願いたてまつり候。

委曲、使者口上に申しあぐべく候。

恐惶謹言

真田伊豆守

酒井雅楽頭様
松平伊豆守様
阿部豊後守様
稲葉美濃守様

嘆願書をしたため終えた信之は、さらに、内藤帯刀(ないとうたてわき)・高力左近太夫(こうりきさこんだゆう)の二人へ、

「江戸表において、右衛門佐家督のため、よろしく御助力をねがう」

と、丁重な書状をそれぞれにしたためた。

内藤帯刀は、陸奥の国・岩城平(いわきのたいら)七万石の大名で、その三男の政亮(まさすけ)夫人が、故内記信政の女(むすめ)にあたる。

また、高力左近太夫隆長(たかなが)は、肥前の国・島原三万七千石の大名で、これは、一当斎信之の外孫にあたる。

信之が、この二人の縁類に、側面からの応援を依頼したのは、先ず順当のすじみちといわねばなるまい。

信之が三通の書状をしたため終ったとき、丑(うし)ノ上刻（午前二時）をまわっていた。

次の間に、伊木彦六が端座して、待機している。

侍女の波留は、病気あがりなのだから、

「夜は、父の屋敷へもどれ」

と、信之からいたわられ、日中は側にいて用を足すが、日暮れになると、城下の父の屋敷から迎えが来て、隠居所を退出する。

「彦六。おるか……」

信之の、しわがれて疲れきった声をきき、

「これに……」

いいざま、彦六が居間へ入った。

「肩を、たのむ」

「はい」

不器用に、彦六が大殿の肩を、もみほぐしにかかった。

こうしたことは、彦六よりも波留のほうが長じている。

だが、彦六に肩をもまれているうち、信之は居ねむりをはじめた。

彦六は信之の肩を抱え起し、立ちあがらせて寝間へはこびこみ、夜具に横たえ、腕や腰をも、もみはじめる。これは彦六の気転がきくというよりも、年少のころから側近くはべっていた彼へ、信之が長年かかって仕つけた習慣のようなものであった。

朝になった。快晴である。

この日。真田信之も鈴木右近も、昼近くまで、それぞれの隠居所でねむりつづけていた。

塗師の市兵衛は、朝早くから、いつものように黙々と仕事に精を出している。

三 春の嵐

一

桃の花片のような波留のくちびるへ、伊木彦六が自分のそれを重ねたのは、その夜がはじめてであった。

これまでに何度か、彦六の長屋へ忍んで来た波留ではあるけれども、それは、一当斎信之が寝静まるのを待ち、ひそかに寝所の次の間からぬけ出すわけだし、

（いつ、大殿がお目ざめになるやも知れぬ……）

そのことにとらわれ、波留は気がかりでならなかった。

それでいて、

（彦六さまと、二人きりになりたい……）

とのおもいは、このごろになって熾烈さを増すばかりであった。

はじめて、波留が彦六の長屋へ忍んで来たのは、去年の秋のころで、その朝、彦六と当直を交替するとき、廊下の隅で伊木彦六が、

「今夜、いつまでも、ねむらずに待っている。私は、波留どのの絵姿を描きたい。たのむ、たのみ申す」

訥々(とつとつ)とした口調ながら、熱情をこめ、

「大殿が、おやすみになられたら、私の長屋へ……いや、決して、決して不埒なふるまいはせぬ。ただ、波留どのの絵姿を……たのむ、たのみ申す」

と、ささやいてきたのであった。

そのとき波留は、すぐに、うなずいていた。

なぜだか、わからぬ。

強いていえば、大殿・信之に、黙々として奉仕する彦六の人柄を見ていて、好意を抱いたもの、としか、いいようがない。

事実、彦六は波留の絵姿を仕上げ、波留へ贈った。

自分のも別に描いたらしい。

それからも波留は、彦六の長屋へ忍んで行くようになった。

彦六は、すこしも「不埒なふるまい」におよぼうとはせず、二人して白湯(さゆ)をのみつつ、言葉少なに語り合うのみであった。ときには波留が自分の家から麦菓子をしのばせてきて、それを二人で食べながら、ふっと顔を見合せては微笑をかわす、それだけで彦六と波留は満足していたともいえる。

ところが或夜……。

信之の寝間へもどって行く波留を、彦六が送って出たとき、何かいい忘れたことをおもい出したかのように波留が振り向き「あの……」と、いいさした顔が彦六の胸にふれた。

このとき、二人に衝動が起った。

ものもいわずに二人は抱き合い、眼を閉じて化石のごとく立ちつくした。

それから、二人の間に抱擁が生まれた。

それだけのことでも、彦六と波留は、大殿・信之の眼をはばかり、あのとき、波留が彦六の長屋へ行った留守に思いもかけず信之が目ざめ、波留の部屋から酒を持ち去ったことを知ったときは、波留も彦六も動顚(どうてん)したものであった。

そのときから、約一カ月が経過している。

その後の信之は、孫の右衛門佐が無事に真田十万石の当主となれるよう、幕府へ対

してはたらきかけるための策をねり、毎日のように伺候する重臣たちと密議を重ねている。夜になると疲れ果てた様子で、

「もはや、欲も得もないわえ」

彦六や波留の手に助けられ、ぐったりと夜具の中へ倒れこみ、まるで、

「死んだように……」

ねむりこけてしまうのだ。

いまは、彦六も波留も、

(大殿は、やはり、私たちのことを御存知ではなかったのだ)

という気がしている。

その安心もあってか、このごろの波留は当直の夜ごと、彦六の長屋をおとずれるようになってきていたのである。

この夜も、ひしと抱き合ったまま、無言の時をすごすうち、彦六の喘(あえ)ぎがたかまり、波留のうなじへ唇を寄せ、黒髪の香りに堪えかねたごとく低い呻きを洩らしたかとおもうと、わが顔を摩(す)りつけるように波留の面(おもて)を仰向けさせ、熱い口を押しつけた。

口と口とが、はなれたとき、彦六と波留は、はじらって、どちらからともなく躰をはなし、うつ向いた。

こうして、つぎの夜からは、二人は唇をゆるし合うことが当然のものとなるのである。愛の階段を、彦六と波留は慎ましくのぼりつつあった。

ややあって、伊木彦六が、

「波留どの。大殿の御躰は、大丈夫であろうか？」

「ひどく、お疲れのようなので……」

「なれど、堀本良仙殿がまいらせる薬が、だいぶんに効くようだ」

「はい。大殿さまも、そのように、おおせられてでございましたけれど……」

堀本良仙は、真田信之の侍医である。

「わたくし、明日は芹を摘んでまいろうかとおもいます」

「おお。それはありがたい。大殿は芹の汁が大好物におわす」

「それに、芹は躰にもよいとか……」

「精を養うて血を保つ、とか……」

「まあ、彦六さまは、よう御存知」

「何かの書物で読んだことがある」

「それにしても、御家は、これからどのように成り行くのでしょうか？」

「わからぬ。波留どのの父上は、何というておられる？」

「むずかしいことじゃ、と……」

「やはり、沼田から伊賀守様（信利）が移って来られる、と？」

「なれど父は、それを好みませぬ」

「それは、私もだ」

波留の父・守屋甚太夫は、藩の横目付をつとめているが、沼田衆の一人であった。

いまでは、一時、動揺していた一部の〔沼田衆〕も、

「大殿が起(た)たれた」

と知って、ほとんどが右衛門佐擁立にかたむいていた。

三代将軍・徳川家光から、

「伊豆守は天下の飾りであるゆえ、相なるべくは隠居などせぬように」

と、いわれたほどの真田信之である。

あの戦乱の世に、まだ徳川家の天下統一が海の物とも山の物ともつかぬころから、徳川の旗の下に参じて戦いぬき、生き残った大名は、いまや一当斎信之ひとりとなってしまった。

現在の幕府閣僚といえども、

「大殿には、一目も二目も置かずばなるまい」

この、たのもしさであった。

ところが……。

事態は、楽観をゆるさぬ。

いや、むしろ悪化しつつあるようであった。

二

一当斎・真田信之がしたためた書状を持って、江戸へ急行した五人の使者は、小山田采女、大熊靫負、金井弥平兵衛、望月金太夫、原主膳で、いずれも真田家の重臣である。

五人の使者は、信之から指示されたとおり、二月十九日に江戸へ到着し、先ず、肥前・島原の城主・高力左近太夫隆長の江戸藩邸へおもむき、信之から左近太夫へあてた依頼の書状を差し出し、右衛門佐家督について、尽力を請わんとした。

ところが……。

高力左近太夫は、信之の書状を見ることは見たが、五人の使者との面会を拒んだ。

五人の使者は、二十一日に重ねて訪問をしたが、またも、

「病気中である」

と、ことわられた。

二十二日も同然であった。

二十三日も、左近太夫は会ってくれぬ。

二十四日朝の、ねばりづよい訪問をうけて、ようやくに高力左近太夫が五人の使者に面接した。

「御隠居の書状は、まさに拝見をした」

と、いいながらも、

「なれど躬(み)は、本家を相続するのは、沼田の、伊賀守殿が、もっともよいとおもうている」

はっきりと、いった。

「これは、御隠居も躬と同様に、伊賀守殿を推されるものとばかりおもうていた。大名の家の家督は大事じゃぞ。われ一人よいというのでは相すまぬ。国があり家があり、家来があり領民がある。生まれたばかりの右衛門佐殿に十万石の国も家も治められるものではない。他に人がなしと申すならばともかく、分家の伊賀守殿という立派な後つぎがおるものを……」

と、左近太夫は、かつて一当斎信之が沼田分家相続の折に、幼少の故をもって伊賀守をしりぞけた一事をもち出し、

「さすがは御隠居。大名の家というものは、かくのうてはかなわぬものじゃと、躬はおもうていた。しかるにこのたび、御隠居が、公儀に届け出てもおらぬ一歳の幼子に本家を相続させようとなさるのは、なっとくしがたいことである」

かえって左近太夫は五人の使者を説得するかたちとなり、

「松代へもどり、躬の考えを御隠居に、しかとつたえよ」

いいすてて、五人が口をひらく間もなく、奥へ入ってしまったものである。

仕方なく、外桜田の藩邸へもどって来てから、

「これはすでに、分家からも酒井侯からも、高力家へ手がまわっているにちがいない」

と、小山田采女がいった。

幕府老中筆頭の酒井忠清の圧力と、これを背景にして、沼田分家は、おそらく豪華な進物をととのえ、すぐさま高力家へ挨拶に出たものと見てよい。

「かくなれば、内藤家をたのむよりほかはござるまい」

金井弥平兵衛の言葉に、一同、異存はなかった。

陸奥・岩城平七万石の城主・内藤帯刀は、わが子の政亮の嫁を真田家から迎えている。

これは、

「ぜひにも……」

との、帯刀の熱望があったからで、それというのも帯刀は、一当斎信之を、

「古今無類の大名。伊豆守殿（信之）の父・昌幸公は、信濃の黄斑（こうはん）（虎）などと呼ばれた勇将であったそうじゃが……いやいや、それどころではない。伊豆守殿は、老いたりといえども信濃の獅子である」

ほめたたえてやまない。

その信之と縁類になったことを、内藤帯刀は光栄におもっている。

それほどの信之崇拝者であったから、すぐさま、五人の使者を引見し、一当斎信之からの書状を読み終えるや、

「御隠居が、かように申しておられることなれば、何事にもまちがうはずはない」

と、内藤帯刀がいった。

「真田家にとって、もっとも正しき処置（さばき）とおもわれたゆえ、右衛門佐殿に家督をさせたいのであろう。よし、余が高力家へまいって見よう」

すぐさま、帯刀は、用人をよびつけてしかるべくはからうように命じ、翌日の朝、みずから高力邸へおもむき、左近太夫を説得にかかった。

内藤帯刀の来訪をことわる理由がなく、高力左近太夫は帯刀と面談をしたが、あくまでも自説をひるがえそうとはしない。

帯刀も、やむなく帰って来た。

「まさかに、大名どうしが喧嘩もできぬゆえ、な……」

待機していた五人の使者に、帯刀は苦にがしげにいったが、ふと顔色をひきしめ、

「なれど、まことにむずかしいことじゃ。右衛門佐殿を推したてるためには、不利な……」

と、いいさして、口をつぐんだ。

幕府に対し、真田家は、あまりにも不利な条件の中で、この家督相続運動をおこなおうとしているのである。

すでに成年に達した伊賀守信利が、松代の本家を相続することは、

「なんの、ふしぎもない」

のであった。

それにひきかえ、まだ言語も解さぬほどの幼子・右衛門佐が本家の当主となること

は、だれの目にも、

「伊賀守殿がおらるるに、何故……？」

と、映るにちがいない。

隠居の一当斎信之をはじめ、故内記信政も、真田家の藩士たちも、ひとえに伊賀守信利という人物を、

「嫌うのあまり……」

右衛門佐の家督をねがっていることになる。

それは、事実であったが、それだけでは万人をなっとくさせる理由には、むろん、ならぬ。

内藤帯刀には、伊賀守信利を嫌う本家のこころが、よくわかるけれども、

（そのことをもって、御隠居は、果して勝算がおありなのであろうか……？）

と、考えざるを得なかった。

（むだなのではないか。御隠居は、そのことを、よくわきまえておられるはずではないのか……？）

なのである。

あの賢明な一当斎・真田信之も、九十をこえて、孫可愛いさに、

（目がくらんでおられるのであろうか……？）

それは内藤帯刀にしても、縁者の一人として、伊賀守信利が本家へ乗りこむことに、賛成はしかねる。帯刀も信利の性情を知悉しているからであった。

しかし、右衛門佐家督のことに執着すればするほど、真田家は、老中・酒井忠清の権勢と闘わねばならない。

（ああ……）

内藤帯刀は、五人の使者が肩を落して帰って行ったあとで、絶望の嘆息をもらした。

（なれど、御隠居のためにならぬ、でき得るかぎりのことをせねばならぬ）

と、帯刀は決意をかためた。

それがために、内藤家が幕府から、にらまれることも覚悟の上のことであった。

高力左近太夫は、真田信之が幕府へあてた〔嘆願書〕を、

「取りつぐことはできぬ」

と、五人の使者に突き返している。

（わしが、やらねばならぬ）

内藤帯刀は、二月二十七日に、真田家の五人の使者を引きつれ、老中・酒井忠清の屋敷へおもむき、一当斎信之からの嘆願書をさし出した。

酒井雅楽頭忠清は、このとき、三十五歳の壮年である。好みの偏った、権勢への欲望が烈しい性格であったが、その大半は、いまや、

(おもいのまま)

に、なりつつあった。

「たしかに、うけたまわった」

と、酒井忠清はいった。

うすい口唇へ、微かに笑いがうかんでいる。

「何事も天下の事。天下が治まるためのことじゃ」

忠清が細い両眼をさらに細め、眸の光を消し、

「躬が、真田の隠居へ、書面をさしあげよう」

と、いった。

こたえはでない。

酒井老中が、信之の嘆願書を受け取ってくれただけでも、

「よし」

と、せねばならぬ。

安堵のおもいにまでは達しなかったが、それもこれも、内藤帯刀の尽力があったれ

ばこそである。

五人の使者は、ちからが抜けたような感じになり、藩邸へもどった。

酒井忠清は、二月晦日（みそか）づけの書状を、真田信之へ送った。

自筆である。内容は、つぎのごとくだ。

一筆啓上候、御無事にござ候や、うけたまわりたく存じ候。川中島（松代の本家）の儀、伊州（伊賀守信利）へつかわさるべきが第一、御家相続のために候。しかしながら、最前、貴様より、内記信政殿後跡式（あとしき）の儀、御子息右衛門佐殿へ、おおせつけ申すべしと存じ候。上意次第のことにござ候。委細御家中まで、矢島九太夫と申す者、申し達候。恐惶謹言

酒井雅楽頭

真田伊豆守様

酒井忠清の使者・矢島九太夫（やじまくだゆう）が、右の書状をたずさえ、松代へ到着したのは、三月四日のことであった。

矢島は、翌五日に柴村の隠居所へ伺候し、酒井雅楽頭忠清の書状を、一当斎信之へ

差し出したのである。

三

信之は、酒井忠清の使者として松代へあらわれた矢島九太夫を、

「丁重にもてなすよう」

と、重臣たちに命じておいた。

矢島は、伊勢町の〔御使者屋敷〕に逗留することになっており、柴村から引きさがると、すぐに真田家の人びとにまもられ、そちらへ向った。

矢島九太夫は、酒井忠清の〔ふところ刀〕といわれたほどの家臣であり、以後、彼は酒井老中の目付として、真田本家と分家の内紛を、正式に、

「監視する」

ことになったわけである。

矢島が引きさがった後、真田信之は居間へもどり、もう一度、たんねんに酒井の書状を読み返して見た。

出るものは、嘆息のみだ。

酒井の書状は、いくら読み返して見ても、ふしぎな文面なのである。

つまり……。

酒井は先ず、幕府老中の権威を見せて、

「本家十万石は、分家の伊賀守信利が相続すべきである。それが真田家の存続のためには、もっともよいことなのである」

と、きめつけるように、自分の主張を開陳している。

そのくせ、

「本家の跡式については、あなたから、右衛門佐殿へおおせつけられるよう願い出でおられるので、そのように事がはこばれるであろうが……しかし何事も将軍家の上意しだいで決することとおもわれたい」

などと、いっているのだ。

書状の文面もととのっていず、まことに曖昧なものなのである。

だが、いずれにせよ、酒井老中が沼田の真田信利をもって本家を相続せしめたいという意向は、

「ゆるぎないもの」

と、見てよい。

「ああ……」

ためいきと共に、

「これでは、もはや、いかぬわ」

一当斎信之は、おもわずつぶやいていた。

すでに信之は、外孫の高力左近太夫から、

「本家は伊賀守信利殿がつぐべきでござる」

との、書状を受け取っていたが、そのときは、まだ行手に希望をもたぬものでもなかった。

約六十年にわたっての、自分が徳川将軍へつくしぬいてきた忠誠を、幕府は、蔑（ないがしろ）にはすまい、とおもわぬでもなかったからだ。

けれども、いま、信之は酒井忠清の肚（はら）の内をすべてさとった。

酒井は、真田家の内紛を、

（揉めるだけ揉めさせておこう）

と、考えている。

その上で、自分が将軍の名をもって裁断を下せばよい。

将軍・家綱は宣下（せんげ）して間もないことだし、まだ十八歳の少年にすぎぬ。幕府政治は、老中筆頭の酒井忠清が手中に握っているのである。もっとも後年ほどの、すさまじい独裁ぶりを酒井はまだ見せていない。しかし権勢はさかんであり、術数は巧妙をきわめている。酒井の懐柔にあっては、幕府閣僚も大名たちも、これに屈せざるを得まい。

（この歳になって、まだ、このような面倒にかかわりあうのか……何も彼も嫌になってきたわえ。わしは京へ逃げてしまいたい。後は、どうにも、よいようになれ）

信之は、うんざりしてしまったようである。

ただ一つ、一当斎・真田信之は、幕府に対し、酒井忠清に対して、微かな反撃の用意をしておいた。

それがどのようなものか……知っているのは信之と鈴木右近忠重のみなのだ。

（それとても、かくなっては、役に立つまい）

と、信之はあきらめかけてきている。

（わしらしくもない小細工をしたものじゃが……そうした餌に、あの雅楽頭が喰いつくはずもない）

おもえばおもうほど、あきらめざるを得なかった。

午後になると、家臣たちが隠居所へあらわれた。

小幡内膳、玉川織部、同左門、岩崎主馬ら六人である。このうちには、一当斎信之の侍臣もいる。

六人とも、いつまでも信之の呼び出しがないので、たまりかねて松代城内から馳せつけて来たのだ。

信之は、伊木彦六に老体をささえられつつ、書院へ下りて行った。

「大殿、酒井侯は、なんと……？」

玉川織部が血相を変えて問いかけてきた。

信之は、舌打ちをしたいのを押え、

「わしは、もはや九十をこえているのじゃぞ。急かすな。急いたとて、はじまることか」

むしろ、にがにがしげにいい、酒井忠清の書状を無造作に六人の前へ放ってやった。

六人が、むさぼるように読みはじめる。

信之は両眼を閉じ、脇息にもたれ、伊木彦六へ、

「背中をさすってくれい」

と、命じた。

酒井の書状を読み終えて、凝然となった六人へ、

「どうじゃ、もはや、あきらめるよりほかに道はあるまい」

と、信之は先ず声をかけてみた。

反応は、おもいのほかに強烈なものであった。

玉川織部が、先ずひざをすすめて来て、

「大殿には、おあきらめあそばされるおつもりでござりますか？」

切りつけるように、いってよこした。

「む……」

じろりと見返して信之が、

「では、どうせよと申す？」

「大殿は、われらに、沼田から伊賀守様が御本家へ入らるることになったときは、ともどもに腹掻っ切って相果てる覚悟をしておけ、と、おおせられましたな」

「いうた」

「ならば、いまさら、事をなげうつことは御本意でござりますまい」

「む……」

うなずいたが、屹となって、

「それでは、真田の家も領国も、取りつぶされてしまうぞよ。伊賀守を迎えて、そのほうたちがこれを助け、伊賀守を一人前の大名に仕立てあぐることも、できぬことではあるまい、どうじゃ」

と、信之の老眼が、六人の家臣の顔を探るように見まわした。

「申しあげまする」

小幡内膳が、しっかりとした声音(こわね)で、こういい出た。

「いったん、右衛門佐様の家督を願い出ておきながら、酒井雅楽頭の書状一通によって、御こころを御変えあそばしたとあっては、御老後の御恥辱でございましょう」

「ふうむ……」

信之は瞠目して、内膳をながめた。

五十をこえたばかりの小幡内膳であるが、信之の孫のようなものである。

内膳の父・小幡将監(しょうげん)重信は、むかし、真田家と共に武田信玄幕下の武将であった。

武田家がほろびてのち、関東の北条家につかえたが、これも豊臣秀吉に討滅され、以後しばらくは牢人の身となった。

それを、徳川家康が知り、

「豆州(ずしゅう)(信之)につかえよ」

と、真田家への奉公に口ぞえをしてくれたのであった。

だから小幡将監は、真田家の臣となってから二度目の若い妻を迎え、長男の内膳をもうけたことになる。当時、将監は六十をこえていたそうな。その小幡内膳が〔大殿〕の一当斎信之の前で、面を犯し、これだけのことをいいきったからには、もちろん、死を覚悟してのことだ。

「無礼者!!」

と、信之の怒声をうけたなら、その場で腹を切るつもりなのである。

「水をやって、育つ木もござれば、育たぬ木もござります。伊賀守様に、いかほど水をそそぎ肥料をあたえても、むだでござる。いや、御本家を相続なされば尚更に、悪しき大名となられましょう」

きっぱりといい、小幡内膳は信之の応えを待った。

信之は苦笑し、伊木彦六に筆紙の用意を命じ、その場で、老中・酒井忠清へあてた書状をしたためた。つぎのごとくである。

御使礼殊に塩鴨二羽、御意にかけられ、遠路の御懇情之段、かたじけなく存じたてまつり候。

先ずもって公方様（将軍）いよいよ、御きげんよくならせられ、おそれながら目出度く存じたてまつり候。

私、所労追々散々の躰、御推察下さるべく候。

同姓内記跡式の儀、内記遺言の筋目のとおり、先に書面をもって申上げ候。

とかく上意次第と存じたてまつり候。なお御使者へ申達事。

真田伊豆守

酒井雅楽頭様

「これで、どうじゃ？」

したため終った書状を、信之は重臣たちに見せた。

すると、またしても小幡内膳が、

「おそれながら……」

「なんじゃ？」

「この、とかく上意しだい……と、お書きあそばされましたは？」

「将軍家の上意しだいと申すことじゃ」

「それにては、酒井が書面になっとくなされたことに相なりまする。こころもとなく存じます。この御言葉は取りのぞいていただきたく……」

「申すな」

ぴしりと、一当斎信之が、

「汝(われ)に、わしの胸の内がわかるものかよ」

と、いった。

こうなると小幡内膳も、返すことばがない。なんといっても貫禄の相違が大きすぎる。

小幡は生まれてはじめて決死の覚悟になり、いいつのっているわけだが、一当斎信之は九十年の生涯で何度、生死の境を切りぬけてきたことか……。

おそらく、数え切れまい。

とどめを刺すように、信之が六人の家臣へいった。

「これでよいのじゃ。さようにおもえ」

四

この夜の、信之につく宿直(とのい)は、波留であった。

信之の老体は疲れ切っていたが、だからといって神経までが疲れているわけではない。

家臣たちは、それこそ、

「真田家の一大事」

と苦悶していようが、信之にとっては、わが家とわが領国の一大事を、これもまた数え切れぬほど体験してきている。

それだから今度のことも、

「切りぬけられる」

なぞとは、毛頭考えていない。

いや、今度は別の意味で、もっとも、むずかしいといえよう。

真田家が、幕府によって、

「取り潰される」

と、いうのではないのだ。

分家の沼田から、伊賀守信利を迎えるならば、

「本家十万石は、安泰」

であるし、すべて円滑に事がはこぶのだ。

しかし、その伊賀守信利に来てもらっては、

「いずれ、本家は崩壊してしまう」

と、おもえばこその〔一大事〕なのであった。

一当斎信之にいわせるなら、

（亡き内記信政が分家の主であったときも、その治政は芳しいものではなかった。ゆえにこそ、信政を本家に迎え、わしの後つぎにすることを延ばしぬいてきた）

のである。

いま、沼田領国における当時の治水工事が、内記信政の治政によるものだとされているけれども、実は一当斎信之が細かく指示をあたえ、沼田へ侍臣をつかわして治水工事にとりかからせたのだ。

要するに、内記信政は、

〔凡庸な大名〕

であった。

だが、凡庸な領主なら、まだ、よい。これを補佐する家臣たちがすぐれていれば、先ず、さほどの心配はない。

それをおもい、本家の重臣層を鍛えると共に、沼田の信政へは、いちいち政治向きのことを指図して、その成長を待ち、

（これなら、どうにか……）

と、おもったとき、すでに信之は九十をこえていたのである。

信政にくらべると、いまの伊賀守信利は、老中・酒井忠清をたのみ、祖父・信之の指示に耳を貸そうともしなかった。

矯飾におぼれこみ、享楽をむさぼり、そのために領民を誅求することおびただしいものがある。

このような男を、本家の主に迎えたとしたら、結果はどのようなものになるか、知れたものではない。

むろん、そのころは信之もこの世に生きてはいまい。

(後は好き勝手にせよ)

と、いいたいところなのだが、こころがかりが、一つだけある。

それは〔わが家〕でもなければ、〔わが家臣たち〕でもなかった、といってもよいだろう。

気がかりなのは、伊賀守信利に誅求されるであろう松代十万石の領民たちのことであった。

一当斎・真田信之のように、戦国の世をくぐりぬけて来た大名にとっては、先ず、

「領民の充実が第一」

なのである。

それでなくては、戦争ができなかったのだ。

また、天下が平穏になれば、大名は国主として内政の責任(せめ)を負わねばならぬ。戦さをする代りにであった。

それなればこそ、やはり、

「領民第一」

の治政をおこなわねばならぬことに、いささかも変りはない。

(明日は、明日のことじゃ……)

臥所(ふしど)へ身を横たえたとき、無意識のうちに、信之の思念が消え、肉体が自然にねむりを喚(よ)ぶ。むかしからそのようにしてきたことを今夜もするだけのことであった。

信之が熟睡に入ったとき、次の間に寝ていた波留が、そっと身を起した。

今夜も、伊木彦六の長屋をおとずれる約束がしてある。

先刻から波留の胸がさわぎ、躰が火照(ほて)り、しきりに喉がかわいていた。そのくせ、水指の水をのもうとせぬのである。

波留は、戸外の闇の中へ、すべり出て行った。

夜の闇が冷え冷えと波留を抱きすくめた。

しかし、それは半月ほど前の夜のものではない。冷えが、むしろ、こころよかった。

春が来たのである。

「大殿の、御様子は?」

と、波留を迎えた伊木彦六が、先ずきいた。

「よう、おやすみあそばしておられますする」

「まことか」

「はい」

「それは何よりだ。いよいよ事態(こと)がむずかしゅうなってきたらしい。大殿の御心痛がおもいやられる」

「はい」

「これから先、どのように、なりゆくものか……」

いいつつ、彦六の両腕が、ごく自然に、波留を抱きしめていた。

「おもい、やられ……」

いいながら、彦六の唇が波留のそれへ押しつけられた。

さらに、彦六の唇が、波留のうなじへまわり、えりもとへ埋もれた。

ほとんど化粧をしていない波留であるが、十八歳の処女（おとめ）の躰のにおいは意外に濃い。杏の実を口にふくんだときのような、甘いにおいが、汗ばんだ波留の肌からたちのぼってくる。それは、三日前に会ったときとは、くらべものにならぬほど強く感じられた。

波留があえぎ、彦六の呼吸も昂まりはじめた。

「むう……」

低く、うめくような声を発し、波留の双腕（もろうで）が、はじめて彦六のくびすじを巻きしめた。

その瞬間に、彦六は波留を抱き倒していた。

このような姿態になったのも、この夜がはじめての二人なのだ。

彦六の右手が、波留の胸へさしこまれた。

ふっくりと白い、左の胸乳があらわれ、その紅い乳頭は固く収縮している。

男の官能が命ずるまま、伊木彦六は、波留の愛らしい乳頭を口にふくんでいた。

五

それから、十日ほどがすぎた。

信之の使者として江戸へ向った五人の重臣が帰国しての報告がすむと、事態は、停頓状態に入った。

酒井忠清の目付・矢島九太夫は、御使者屋敷の奥深く引きこもり、めったに顔も見せぬということである。

一当斎信之も、隠居所の居間と寝所を行ったり来たりしながら、伊木彦六や波留を相手に、黙然と日を送っているらしい。

鈴木右近も同様であって、柴村へ顔も見せずにいる。

塗師（ぬし）・市兵衛は、たゆむことなく、仕事に精を出していた。

草が、萌えはじめた。

木々の枝が、うす青い絹の膜のようなものにおおわれたかのように見える。

信濃の山国にも、ようやく、春の足音が高まりはじめたのだ。

この間。

松代城中では、連日、家臣たちの会議がひらかれていた。

城下の人びとも、領内の農民たちも、息をつめて事態を見まもっている。

彼らにして見れば、なんとしても、真田信之あってこその自分たちだ、という意識を捨てきれない。

三十六年前の元和八年八月。

信之が父・昌幸や弟・幸村と共に、多くの家来たちの鮮血をながしてわがものとした信州・上田の本城から、幕府の命令によって松代へ移されたとき、上田を発した信之の行列がすすむ沿道が領民たちによってびっしりと埋めつくされ、彼らの慟きわまった泣声が、むしろすさまじい響(とよみ)をともない、信之の耳を打ったものだ。

三十四年にわたる真田家の善政をよろこんでいた領民たちは、やがて来る新しい領主の治政に不安を抱き、それが信之への愛慕の念を、さらに烈しいものとしたのであろう。

それがいま、松代十万石の領民たちにも、そのままあてはまるといってよい。

こうした城下や領内の空気は、矢島九太夫によって、つぎつぎに、江戸の酒井忠清へもたらされているにちがいなかった。

九太夫が滞留をしている松代城下の御使者屋敷は、酒井老中の諜報部と化したと見ても過言でない。

九太夫は素知らぬ顔でいるけれども、彼が松代へあらわれるのと同時に、酒井忠清が張りめぐらした諜報網と、これをあやつる密偵たちがさまざまに姿を変え、松代領内へ潜入していることが考えられる。

「城中では、みなのものが、日々寄り集うて、何やら談合をしているそうな」

と、信之が或日、侍臣の師岡治助へ何気なくいった。

師岡は、

「さようで」

うなずいたが、それ以上の反応をしめさなかった。

だが師岡は、家臣たちの会議が何を意味しているかを、わきまえていた。信之にこたえなかったのは、その結果が、

「予断をゆるさなかった……」

からである。

そうした師岡治助の緊張した顔を、一当斎信之は微笑と共にながめたけれども、それ以上の問いかけをしなかった。

時折、堀平五郎直之(なおゆき)が城下から呼ばれて、信之の将棋の相手をつとめている。

平五郎は、将棋の駒も手づくりにするほどの、将棋好きであった。将棋が唯一の趣味なのである。

桜材をつかって平五郎がつくる駒は、形も大ぶりで重味厚味も相当なものだから、それに合せて将棋盤も手製にする。

年に二組ほどが出来あがり、これを家中（かちゅう）の人びとに贈るのが、また堀平五郎の愉楽でもあるらしい。

信之にも献上したが、そのとき信之が駒を手にとって見て、

「この大きな駒をあやつるには、わしのちからが萎えすぎてしもうた」

などと冗談をいったが、そのうちに老顔を引きしめ、

「あの、おとなしい男が手づくりにしたものとはおもえぬ。しぶとい駒じゃ」

と、もらしたことを、いまだに伊木彦六はおぼえている。

ところで、連日にわたる城中会議の結果があらわれたのは、あたたかい雨がふりけむる三月十七日の午後であった。

その結果とは……。

本家の家臣たちの結束をしめす誓紙血判の連判状となってあらわれたのである。

上は、家老たちから、下は足軽・小者にいたる五百四十八人が、これに署名血判を

していた。

この中には、金井弥平兵衛、竹内大膳から、赤沢助之進など、故内記信政が沼田かちつれて来た十名の重臣もふくまれていた。

すでにのべたごとく、分家から移って来た〔沼田衆〕と、本家の家臣たちとは、今度の事件が起る以前から、ことごとに反目し合って来た。

その沼田衆の中にも、

「かくなれば、伊賀守様を御本家にお迎えすべきである」

という者と、

「いや、伊賀守さまでは、とうてい御本家の主はつとまらぬ」

と主張する者に別れていたし、本家派にしても、それは同様だったのである。

このように、家来たちが二派に別れていたのでは、大殿の真田信之を中心にして右衛門佐家督をねがう真田家全体が、

「結束したことにはならぬ」

のである。

酒井忠清からの返書を見て、一当斎信之が家臣たちに嘆いて見せたのも、信之としては、彼らが、この事態悪化を知ったとき、どこまで結束をかためるかを知りたかっ

たからだ。

その結果が、ついに出た。

誓紙血判をした五百数十名は、

「もしも、伊賀守信利に家督相続の上意があったときは、どこまでもこれに反対して訴訟を起し、それでも幕府が、これをきき入れぬとなれば、亡君（信政）の後を追い、城を枕に、ことごとく腹を切って相果てよう」

その決意をかためたのであった。

その連判状を持参して、柴村の隠居所へ伺候した家老たちを前に、一当斎信之が、ようやく会心の笑みをうかべて、

「ようも、ここまでこころを合せたものじゃ」

ちから強くうなずき、

「よし、よし。わしも、そちたちと共に死のうぞよ」

と、いった。

家老たちはことばもなく、ひれ伏したが、そのうちにだれからともなく、むせび泣きの声が起り、ついには大の男たち……それも分別のつきすぎた老臣たちまでが、子どものように大声をあげて泣き出したありさまというものは、実に異様なものであっ

た。

信之が、

「よし、よし。泣けい」

と、いった。

「大声を張りあげて泣けぬようなやつは、男ではないわえ」

と、むかし、父・真田昌幸が、いつも冷静だった長男の自分へ、あてつけがましくいったことを、いま、信之はおもい起していた。

次の日の午後に……。

江戸の内藤帯刀からの使者が、隠居所へ到着した。

帯刀が信之へあてた書状を持参したのである。

内藤帯刀は、こういってよこした。

「……右衛門佐殿、家督相続のことは、いよいよ至難となり申した。それがしも渾身のちからをかたむけ、事に当っておりますが、いまのところ如何ともしがたく、ついては御近親の一人、本多内記殿へも御隠居より書状をつかわされ、それがしと共に老中方へ運動されるよう、御依頼されたし」

本多内記政勝（まさかつ）は、大和・郡山十五万石の城主であり、徳川家康股肱の重臣・本多平八郎忠勝の後裔である。

そして、本多忠勝のむすめ・小松が、一当斎信之の妻ということになる。

もっとも小松は、徳川家康の〔養女〕の資格をもって、真田家へ嫁いで来たのであった。

信之は、内藤帯刀の書面に接するや、

「かくなっては、右衛門佐相続の望みは絶えたと見てよかろう。この上、阿諛追従がましきまねをしては、かえって見苦しい。よって、いまさら、本多内記をたのんだところではじまるまい」

凛然として、いいはなった。

四　月夜の雨

一

信濃の国の桜が遅い花をひらき、そして散ると、晩春の物憂くて気怠い大気が川中島平をつつみ、雨の日が多くなる。

松代城下の紺屋町に住む塗師・市兵衛が、殿町の中ノ辻に屋敷がある堀平五郎を訪れたのは、こうした雨の或日の午後であった。

「そろそろ、御入用ではないかとおもいまして……」

と、庭へまわって来た市兵衛が、居間の縁にすわり、ぼんやりと雨空をながめていた堀平五郎に声をかけた。

「お……市兵衛か」

平五郎が、苦笑をうかべ、

「このごろはさすがに、将棋どころではないわ」

「お察し申しあげまする」

「ま、此処へかけてくれ」

「はい、はい」

堀平五郎が将棋の駒を手づくりにすることを趣味にしていることは、すでにのべた。

その駒に彫った文字へぬりこむ漆を、市兵衛がとどけに来たのだ。

去年の春。

平五郎が市兵衛の家の前を通りかかって、

「よい漆があるか？」

と、声をかけたのが、はじまりであった。

市兵衛が無口で誠実な男だと見て、

「これからも、うるしをたのむ」

と、出入りをゆるした平五郎なのである。

縁へあげてもらい、市兵衛は茶と麦菓子のもてなしをうけた。

真田家の騒動については、市兵衛も平五郎も、あまりふれない。

「もうすぐに、夏でござりますなあ」

とか、

「松代の夏は暑い。市兵衛が前に住んでいた沼田城下はどうであった?」

とか、さしさわりのないはなしをするだけで、それもいつものとおりであった。

そのうちに、市兵衛が「では、これにて……」と、腰をあげ、帰って行くのが例であったが、今日の市兵衛は、いつもとちがっていた。

しばらくしてから、平五郎へ身を寄せて来て、

「市兵衛、おねがいのすじがござります」

ささやいてきた。

「なんだな?」

「お人ばらいを、ねがいたく存じますが……」

平五郎が不審そうに、

「ここには、だれもおらぬ」

「はい。なれど、おねがい致しおりまするうちに、どなたかが入っておいでになりますと……」

「困るのか?」

「はい」

「よし」

平五郎は、独り暮しの五十男である市兵衛が、何か他人に聞かれるとはずかしい身の上の相談でもするのか、と、おもったらしい。

廊下へ出て行き、妻女の久仁へ、

「だれも来ぬように」

と、いいおき、居間へもどって来た。

市兵衛は、早くも庭に面した障子を閉めきっている。

「御相手を……」

こういって市兵衛が、将棋盤と駒を持ち運び、平五郎の前へ置いた。

めずらしいことではない。こうして、二人が将棋をさし合ったことは、これまでにも何度かある。だが、人ばらいをしてまで、何か語りたいというのに、いきなり将棋の相手をしようというのは、いささか、

(妙な……?)

と、平五郎はおもった。

駒を盤上へならべはじめた市兵衛の何気ない姿にさそわれ、平五郎も手製の駒を手

に取った。

そのとき、うつ向いたままで駒をならべつつ、市兵衛が、

「月夜の雨」

と、つぶやいた。

その言葉をきいたときの、堀平五郎の顔を何と形容したらよかったろう。

青ざめて、口をわずかに開け、驚愕の表情が空間に凍りついたように見えた。

市兵衛は顔をあげぬ。

そして、しずかにしずかに、ふところをさぐって何やらを取り出し、その品を盤の上へ置いた。

それは銅製の小さな矢立で、墨壺の頂点に蝸牛が一匹、彫ってある。

「う……」

平五郎が、かすかに呻いた。

「私も実は、おどろきましてな」

と、市兵衛がささやく。

「昨夜、御使者屋敷に逗留中の、矢島九太夫様から呼び出しがありまして、忍んでまいりましたるところ、堀様。あなたさまと連絡(つなぎ)をつけるようにとのことで……」

「む……」

「まさかに、あなたさまも御老中の御手の者とは存じませなんだ」

いうや、市兵衛が顔をあげ、平五郎を見まもった。

堀平五郎の面上へ、今度は見る見る昂奮の血がのぼってきた。

瞬間……。

平五郎が市兵衛の顔を撲りつけた。

市兵衛は動じない。

「あなたさまも隠密の事を、わきまえておられるはず」

声にみだれもなく、おだやかにいったのみである。

「む……」

「これは、相身互いのことではありませぬか。この市兵衛とても、まさかに堀様が、私同様に幕府隠密の御用をおつとめだとは、昨夜、矢島九太夫様の口から耳にいたすまでは、いささかも考え見ぬことでござりましたぞ」

たしなめるような市兵衛の口調に、平五郎もようやく我に返ったらしい。

「わかっている……」

「それで安心をいたしました」

「これまで、おぬしに見張られていたのかとおもうた。それに気がつかなんだ自分が口惜しかった。それで、おもわず……」

「とんでもないこと。私も、昨夜までは知らぬことでござった」

市兵衛の言葉が武家のものに変って、

「さすがは酒井雅楽頭様でござる。かくてこそ、非常の際に隠密のはたらきが相つとまる」

こういって盤上の、蝸牛の矢立をふところへ仕まいこんだ。

それと寸分ちがわぬ蝸牛の矢立を、堀平五郎も、ひそかに所持している。

この矢立は幕府隠密の……それも老中・酒井忠清直属の隠密同士が、いま市兵衛と平五郎が互いに正体を明し合ったような場合に使用する、証明の品であった。

「月夜の雨」

という合詞も同様のものである。

堀平五郎の亡父・主膳も、徳川幕府の意を体した酒井家が真田家に送りこんだ隠密であった。

堀主膳は、もと武州・忍の阿部家に仕えていたのが、のちに牢人となり、これを拾いあげた酒井家が、わざと手をまわし、本多家を通じて真田信之へ仕官させたものである。

本多家は、一当斎信之の亡妻・小松の実家だ。

それは、元和七年というから、三十七年も前にさかのぼる。

堀主膳は、あくまでも真田家の臣として忠勤にはげみ、主人・信之にしたがって上田から松代へ移り、やがて、妻女・勢津との間に、平五郎とりつの二子をもうけ、五十八歳で病歿している。りつは現在、本多家の家来に嫁している。

主膳が死んだとき、平五郎は二十四歳であったが、すでに、家名俸禄と共に、父の秘密の任務をも継承していた。

堀主膳が、息子に隠密の任務をつたえたのは、平五郎が十八歳のころで、

「この御役目は、かならずしも我子につたえなくともよいのじゃが……お前なれば成しとげることができようとおもうた」

こういって、自分と酒井家との関係については、

「父が、今日まで生き長らえておるのは酒井侯あってのことじゃ。われらが忠節をつくすは真田家ではない。酒井家であることを夢ゆめ忘れてはならぬ」

とのみ語り、くわしい事情をいいつたえてはいない。

堀主膳の秘密が平五郎につたえられ、酒井家でもまた、当代の雅楽頭忠清まで、そ

の諜報網が受けつがれていることになる。

やがて……。

市兵衛は、目付・矢島九太夫を通じていいわたされた酒井忠清からの指令と一冊の棋譜とを置いて、堀平五郎の屋敷を辞去した。

老中・酒井忠清が堀平五郎へあたえた密命は、前もって平五郎が探りつづけていた右衛門佐出生の事実を、

「急ぎ、たしかめよ」

と、いうものであった。

また、棋譜は一種の暗号解読書のごときもので、これからの平五郎が市兵衛と将棋盤をかこみながら、駒の持ち方、進め方、さらに盤の側面を叩く駒音の数などによって、要領よく無言の会話をかわすことができる仕組になっていたのである。

夜ふけてから、堀平五郎は暗号を薄紙へ写しとり、これを細工した将棋盤の脚の内へ隠しこみ、棋譜は焼き捨てた。

亡父・主膳の妻であり、平五郎の亡母でもある勢津は、堀父子(おやこ)の秘命を知らなかった。

また、平五郎の妻・久仁も、夫が真田家の忠実な家臣であることを、いささかもう

たぐってはいない。

二

その夜。

塗師の市兵衛が、またしても、殿町の鈴木右近邸へ潜入していた。

殿町は藩士の邸宅が多く、区域もひろい。

堀平五郎邸が殿町の南端なら、右近邸は北端にあたる。

この前のときと同様に、市兵衛は奥庭へ入りこみ、右近がねむっているわら屋根の隠居所の戸を軽く叩いた。

そして其処へ屈みこみ、市兵衛は戸が開くのを待っている。

ややあって、戸が内側から開き、鈴木右近の手がさしのべられ、市兵衛の肩をたたく。

市兵衛が立ちあがり、音もなく隠居所の中へ消える。

戸が閉まった。

これはいったい、何を意味しているのだろうか……。

いま、老中・酒井忠清の使者として松代へ到着した矢島九太夫は、引きつづき〔目付〕として城下・伊勢町の御使者屋敷へとどまり、真田本家と分家の内紛を監視している。

酒井老中の目付ということは、とりも直さず徳川幕府の目付といってよい。

矢島九太夫は、松代領内に潜入している幕府の隠密の糸をあやつり、彼らがとどけて来る情報を、つぎつぎに江戸の酒井忠清へ送っているにちがいない。

堀平五郎のように、父の代から、真田家の臣に成りきって隠密をつとめている者もいれば、市兵衛のように一介の工人(こうじん)として城下に住みついている者もいるし、また、此度の騒動によって新たに潜入して来た者もいる。

たとえば、この早春の雪の日に、柴村の隠居所に近い道で堀平五郎と行き合い、平五郎が馬上から落した竹筒の密書を受け取って消え去った旅僧も、その一人なのだ。

隠居所の寝間で……。

鈴木右近は寝床へもぐりこみ、市兵衛は、その枕頭にすわりこんでいる。

二人の声を、きいてみよう。

「ふうむ……あの、堀平五郎がのう」

さすがの鈴木右近も、しばらくは凝然となって声も出なかったが、

「これには、大殿も、さぞ、おどろかれることじゃろう」

ややあって、くっ、くっ、くっと笑い出した。

「私めも、矢島九太夫から、そのことをききましたときは、わが耳をうたがいまして
ござる」

と、市兵衛。

「いずれにせよ、よかった、よかった……」

いいさして、八十五歳の鈴木右近の老眼がうるみかかり、

「むかし、大殿とわしとが仕掛けた小細工が、いま、このように役立つとはのう」

「すりゃ、私めは、その小細工の道具で……」

「これ市兵衛。そう申すなよ、これ……ありがたいとおもうておるわえ」

右近が両手を合せ、市兵衛を拝むかたちを見せ、

「市兵衛よ。おぬしが父子二代、四十年にわたって、幕府の隠密となりおおせた苦労。

人ごとにはおもわぬ。わしも……いや、大殿もじゃ」

「さように、おおせられては……」

市兵衛は、長い顎をしきりに撫でまわしつつ、恐縮の体である。

右近の言葉をきけば、市兵衛もまた、堀平五郎同様、一当斎・真田信之が四十年も

前に酒井家へ潜入させておいた隠密ということになる。

　つまり市兵衛は、

「二重の隠密」

の役目に任じながら、真は真田信之の〔忠臣〕というわけであった。

「さようか。酒井忠清は右衛門佐様御出生のことを、いまだに、うたぐっておるのじゃな」

「さようでござります」

「他家の瑕瑾、弱味につけこむことのみをおもうているやつどものの考えようは、そうしたものじゃ」

右衛門佐の出生について、かねてから幕府が疑惑の眼で見ていたことは事実である。

なんといっても右衛門佐は、亡き真田信政が六十をこえてもうけた子だ。

右衛門佐の生母は真田家の江戸藩邸にいる家来・高橋十郎景宣の女で、出産後の養生がよろしからず、病歿したことになっているが、それも酒井忠清の眼から見れば、

（怪しげな……？）

と、映るにちがいない。

右衛門佐の出生届が幕府へ提出されていなかったことも、その疑惑を層倍のものに

したろう。

（右衛門佐が、もし、内記信政の子でなければ、だれの子か……？）

ということになって、酒井忠清は密偵たちのあつめた情報からおして見て、

（信政の長男・信就が、侍女にでも生ませた子ではないか？）

と、推測するにいたった。

実は、真田信政に、勘解由信就という長男がいる。

いるけれども、この信就は、むかし、三代将軍家光に拝謁をしたとき、何やら不始末の事あって、勘気をこうむっていた。

つまり、前将軍から、

「勘解由信就は、真田家の跡つぎにしてはならぬ!!」

と、申しわたされたも同然な身の上で、また信就は、むしろ、それをよろこんでいる。

信就は、いわゆる〔変人〕であって、いま、二十五歳になっているけれども、松代城内二ノ丸の御殿奥へ隠れ住み、日夜、拙劣な詩作にふけって倦まぬ。唖のごとく無口な人物である。近年は少し気も狂ってきたようだという。

こういう人だから、前将軍に目通りしたときの態度でも咎められ、

「無礼な‼」

と、勘気をこうむったものであろう。

このような身の上と性格で、しかも軟禁同然の信就は、大名の家の子であって子ではない。

ゆえに、亡き真田信政にとって、右衛門佐が、

「ただ一人の男子」

ということになるのだ。

堀平五郎にしても、まさかに、御殿の奥へ潜入し、廃人同様の信就に向って、

「右衛門佐様は、あなたさまの御子でございますか?」

と、問いただすわけにもゆくまい。

だから、平五郎は、奥向きの女たちへも、いろいろとさぐりを入れて見たのだが、

これまでに明確な証拠をつかんではいなかった。

人びとの噂だけでは、確たる証拠とはいえぬ。

いずれにせよ酒井忠清は、右衛門佐出生の秘密をさぐり、これが故信政の子ではなかったという事実をつかみとりたい。

そうなれば、真田家が将軍と幕府を偽っていたことになる。

右衛門佐が家をつぐことはおろか、真田家が取り潰されても、

「文句はいえぬ」

ことなのである。

「酒井雅楽頭が、そのことに執着する気もちは、わからぬこともないが……」

鈴木右近は苦笑をうかべ、

「のう、市兵衛。さぐってもさぐっても、もともと無いものは無いのじゃ」

と、いった。

夜明け前に、塗師・市兵衛は、鈴木右近邸から姿を消した。

右近が騎乗で、柴村の隠居所へ伺候したのは、翌日の午後になってからだ。

この日、雨はあがっていた。

三

隠居所の、一当斎信之の居間で、鈴木右近は酒のもてなしをうけた。

堀平五郎のことにつき、右近が信之へ、

「大殿。おどろかれてもかまいませぬぞ」

こう前置きをして語り終えたとき、信之の老顔は微動だにしなかった。

右近は、ふと、

（大殿は、すでに平五郎の正体を看破しておられたのか……？）

と、おもった。

それほどに、信之は平静そのものだったのである。

「大殿……」

「うるさい年寄じゃの」

「やはり、お気づきになっておられまいたか？」

「平五郎のことか。いいや、知らぬ」

「それにしては、おしずかなことで……」

「右近。おもうても見よ」

一当斎信之が笑いをかみころしつつ、

「これ、おぬしは若いのう」

「何と、おおせられまする」

「これしきのことにおどろくだけ、身も心も若いということじゃ。わしのように九十をこえた男には、おどろきも怒りもよろこびも消えてしもうたわえ」

「ははあ……」

「そもそも、これしきのことに、おぬしがおどろくのもおかしい」

「いえ、おどろくと申すよりも、堀平五郎め、よくも、これまで化け終せたものと……」

「さようさ。あれの父親の主膳も、よう出来た男であったの」

「いかさま」

「平五郎は、あの父親に、よくよく隠密の心得を仕込まれたものと見える」

「さて、大殿……」

「む？」

「おもしろうなって、まいりましたな」

「ふうむ……」

しわに埋もれた信之の細い両眼が、さらに細められ、灰色に燻みきった顔へ血がのぼってきた。

「そうじゃのう。右近。むかし、むかし。吉田市兵衛の父親を、武田の遺臣ということにして、わざわざ甲斐の国へ三年も住み暮させておき、それから、京の妙心寺を通じ、酒井家に奉公をさせたときは、いかにも小細工をするようにおもえて、わしもはずかしかったものじゃが……」

「なれど、その種がいま、実りまいたな」

「大御所（徳川家康）が生きて在るうちはともあれ、徳川の世も二代、三代となれば、われらの家に風当りが強うなるは必定と考え、ただ一人、幕府方(こうぎ)へひそませたわしが隠密の者。いや、市兵衛にも苦労をかけることよ」

　真田家は、戦国のころより、一族の結集が実に堅固であった。

　武田信玄の麾下に在って、信之の父・真田昌幸は上信二州に雄飛し、信濃の虎などと世にうたわれたものだが、武田家がほろびてのち、真田一族は豊臣秀吉の天下統一の旗の下にふくみこまれた。

　そして秀吉の歿後……。かの関ケ原の大戦が起り、真田昌幸は次男・幸村と共に、石田三成(いしだみつなり)の西軍へ参加し、徳川家康に叛旗をひるがえした。

　このとき、真田伊豆守信之は、父と弟に別れ、敢然と徳川軍に加わった。

　後年の大坂戦争で、豊臣の残存勢力が、徳川家康によって完全に討滅されたときも、信之は徳川軍に参加し、忠誠をつらぬいている。

　だが、弟の幸村は、大坂城と運命を共にした。

　このことについて、徳川幕府は、

「諸大名のうちにも、ことのほか一族の結集が堅く、骨肉の情もふかい真田家が、敵と味方に別れたのは、どちらが勝っても負けても、真田の血が消え絶えぬように、親子兄弟が談合の上でしたことだ」

という意識が、ぬぐいきれなかったようだ。

大御所・家康の死後は、ことに、幕府の真田家へ対する監視の眼はきびしくなった。

徳川政権は武力によって諸大名を征服し、成ったものである。

ために、いつ、諸大名の武力によって奪い返されるやも知れぬ。

ここに徳川幕府は日本諸国へ独自の政治網を張りめぐらし、これを急激に引きしめ、複雑な諸制度をつぎつぎに発し、改易（領主の入替え）や取り潰しをおこない、諸大名の出城をも徹底的に破壊させ、巧妙でいて、しかも苛酷で陰険な監視の下に大名たちを屈従せしめてきた。

その中で、真田家が生き残って来たのは、信之あればこそであった。

信之は、幕府に対し、いささかの隙も見せなかった。

かつて……。

真田の家来であった馬場吉次という者が、突如、脱走して、幕府へ、つぎのようなことを訴え出たことがある。

一、大坂合戦の折、信之の密命によって、真田勢が、大坂方の真田幸村を助けた事実がある。
一、信之は弟・幸村と通じ、真田一族の存続をはかる相談を、京都の某所においておこなった。

この馬場吉次の、根も葉もない訴えを幕府が採りあげ、一挙に、真田家を取り潰してしまおうとしたことがあった。

ことに、二つのうちの後の一条については、真田兄弟が京都で会見したことが事実であっただけに、幕府も「今こそ……」と、気負いたったようである。

このとき、亡き大御所・家康が真田信之へあてた直筆の書状が無かったら、真田家は押し潰されていたやも知れぬ。

家康のこの書状は、大坂戦争が一時、休戦となったとき、

「豆州（信之）の忠節には、つくづくと感じ入っている。なればこそ、大坂方に在る弟・幸村のいのちを、何ともして助けたい」

というもので、家康みずから、真田兄弟が京都で会見する手筈までととのえてくれ

たことが、この書状によってあきらかとなった。

これには、真田家を取調べに当った老中・土井利勝も、

「うたがいは、まさに、はれた」

と、いわざるを得なかったのである。

馬場吉次は、おそらく、幕府が真田家へ潜入させておいた隠密であったにちがいない。

そのときから何十年も経た今日、堀平五郎のような隠密が何喰わぬ顔で、潜入していた。油断も隙もあったものではない。

だが、真田信之は、

「もはや、わが真田家に隠し事は何もない」

といい、幕府の隠密の蠢動などは、すこしも意に介さなかったようだ。

市兵衛の父を一人だけ、幕府方へ潜入させたのは、信之の意向というよりも、鈴木右近の強いすすめがあったからだといわれている。

「さて、右近。せっかくに市兵衛のはたらきが実ったことじゃし、そのはたらきを無にすることもなるまい」

と、一当斎信之が鈴木右近にいった。

「いかさま。それで……？」

「ま、今夜は泊って行け。ゆるりと談合いたそう」

「かしこまった」

人ばらいをした居間の外の廊下へ、わざと強めた足音が近づき、伊木彦六の声がした。

「おそれながら……」

「なんじゃ、彦六」

と、信之。

「はっ。ただいま、沼田の御分家の御使者として、中沢主水殿、まいられましてござります」

「何、沼田からの使者とな……」

「はい」

「わしが会うにはおよばぬ。玉川左門に応対をさせよ」

「心得ました」

四

一当斎信之の侍臣・玉川左門は、隠居所の〔使者の間〕で、分家の使者・中沢主水に会った。

「これは、わが殿より大殿へ、じきじきに申しあげよとのことでござる」

と、中沢は気色ばんでいいつのった。

玉川左門は三十をこえたばかりであったが、五十三歳の中沢主水がたじろぐほどの気魄を全身にみなぎらせ、

「心得ぬことでござる」

「なんと……」

「御分家の殿は、わが大殿の御孫にあられる」

「いかにも」

「その御孫が御病体の御祖父の殿に向って、使者のおもむきを聞け、と、おおせられまいたのか？」

「む……」

「御分家の殿、御みずから、この隠居所へおこしあそばされたとしても、そのような非礼はゆるさるることではござるまい」

正論である。

中沢は、返すことばもなかったが、それでも尚、居丈高な姿勢をくずさなかった。

「なれば、玉川殿へ申しあぐる。遺漏なきよう大殿へおつたえ願おう」

玉川左門は、冷笑をもってこたえに代えた。

「松代の御本家、跡目相続の儀については、すでに御老中・酒井雅楽頭様より大殿へ御達しがあったとのこと」

「いかにも」

分家の真田伊賀守信利は、義兄にあたる酒井老中が、

「自分を本家の跡目にと推挙された上からは、その心得をもって自分のために尽力をすべきである。もしも御老中の御意志にそむくことあらば、御本家の御為になるまい」

と、祖父の信之へ、使者の口頭をもっていいわたしたのである。

まことに、非礼をきわめたものであった。

真田信利も、本家の家臣たちが上下合せて堅く結束し、あくまでも自分の相続をこ

ばみ、これが容れられぬときは、

「死をもって……」

自滅をはかるという決意のなみなみでないことを知り、苛だちはじめたものと見える。

玉川左門は懸命に怒りをこらえ、聞くだけは聞いたが、聞き終えて、中沢主水へ、

「大殿の御返事が、必要でござるのか?」

軽蔑の声を投げた。

「申すまでもないことでござる」

中沢は胸を張って、左門をにらみつけた。

「では……」

と、いったんは奥へ入ったが、左門は〔大殿〕の居間へ引き返したのではない。

廊下を二度ほど行ったり来たりしているうちに肚(はら)がきまったとみえ、独断で使者の間へもどって行った。

「大殿の御言葉でござる」

「は……」

と、さすがに中沢も両手をついた。

「大殿を頭(かしら)に、われら家臣一同、しっかりと結び合うた真田本家の心骨は、御分家においても、よくよく御承知のことと存ずる」

「なんと申される……」

「右衛門佐家督の儀は、いささかも変りなし、との大殿の御言葉を、伊賀守様へしかとおつたえ下されい」

「むだでござるぞ!!」

「何が、むだじゃ!!」

「御分家様が御本家相続となれば、万事円満に事がはこび、御家も潰れず、ただ一人の牢人をも出すことなく、すべてが無事に……」

いいつのる中沢主水へ、玉川左門が大音声で、

「むだでござる!!」

と、押しかぶせ、

「疾(と)く、引きあげさせられい!!」

猛然と、いい捨てたものだ。

中沢主水が憤然と引きあげて行った後で、左門は信之の居間へおもむいた。

「左門。きこえたぞよ」

と、信之が、

「父の織部そっくりの大声じゃ」

「恐れいり……」

「ま、よい。なんというてやったな?」

そこで左門が、独断でこたえた返事を言上すると、

「それでよい」

信之は、いささかもとがめなかった。

玉川左門が引きあげてから、鈴木右近が、うれしそうに、こういった。

「大殿。左門も、ひとり前の男になったようでござる」

この日は、いま一人、江戸から別の使者が隠居所へ到着した。

ここしばらく、幕府も酒井忠清も不気味に沈黙しているし、本家の人びとは決死の覚悟を秘め、呼吸をのんで、

「来るべきもの」

を、待ちかまえている。

金井弥平兵衛・小山田采女など五人の重臣は、ふたたび江戸へ急行し、右衛門佐家督相続のための運動を開始しているけれども、ほとんど、

「のぞみは絶えた……」

と、見てよかった。

酒井忠清は老中筆頭の権威をもって、真田家の運動を拒否しつづけているし、高力左近太夫も同様、ほかにいろいろとたのみに出た大名たちは、酒井と幕府をおそれ、

「まったく、たのみにならぬ」

ことが、はっきりとしてきた。

そこへ……。

この日の夕暮れに、江戸から、内藤帯刀からの急使が隠居所へ到着したのであった。

これも、絶望的なもので、

「……このさい、御分家の伊賀守殿をお迎えなさるよりほかに道はござらぬ」

と、いうものだ。

「熟考の上、万全の処置をとられたい。くれぐれも御短慮のなきよう……」

と、内藤帯刀は一当斎信之へ、いってよこした。

酒井忠清は、将軍・家綱をはじめ、他の老中たちや幕府閣僚に対して、

「真田本家は、伊賀守信利をもって相続せしめることが、公儀政道にとって、もっとも安全である」

ことを強調し、いまは酒井が、将軍の名をもって裁決を下すところまで、

「煮つまってきた……」

らしいことが、内藤帯刀の書簡から、あきらかにくみとれるのである。

あの、由井正雪（ゆいしょうせつ）の叛乱事件が起ってから、まだ十年も経ていない。

由井正雪は、駿河出身の兵学者で、江戸にあらわれてからは非常な人気をよび、諸大名に招かれて軍学の講義をしたり、幕臣や諸藩士、牢人たちをあつめ、前将軍・家光の死去に際して、幕府を打ち倒すべく企画をめぐらした。

幕府は、これを未然に察知し、由井一派を打ち倒し、正雪は駿府で自殺をとげている。

こうして、この叛乱計画は一挙に破砕されたのだけれども、その背後には、はかり知れぬ政治の暗黒面があったものと考えられる。

つまり、由井正雪事件は、まだまだ徳川政権に不満を抱くものが世に潜在していたことを、しめしていると看てよい。

それだけに幕府も、酒井忠清の説得を了解したのであろうし、伊賀守信利も、急激に高圧的な態度に出たことになるのではないか……。

しかし、酒井老中は、真田本家の嘆願を叩きつぶしたとき、本家の人びとが、どの

ような反応をしめすかを、わきまえていないわけではない。

これは、叛乱ではない。

死の抗議なのである。

一国の大名の主や家臣が多数、自決をとげたとすれば、いかに幕府の権力をもってしても到底これを隠しおおせるものではない。

そうなれば酒井老中も、幕府の宰相として、相応の責任を負わねばならぬし、また一つには幕府の威信にもかかわることになろう。

そこが、酒井忠清にとってもむずかしい。

なればこそ酒井は、

「右衛門佐出生の真実」

をさぐりとることを急いでいる。その一方では、別の工作をもすすめているであろう。

一当斎信之は、内藤帯刀の書簡を、

「ま、読んでみよ」

鈴木右近へわたしてから、

「いよいよ、煮つまってきたようじゃの」

と、つぶやいた。

五

庭の桐の花も散った。

その日は非番で、堀平五郎は朝から黙然と、将棋の駒をつくっていた。

いま、平五郎は〔飛車〕の文字を彫りつけているところであった。

このごろは城へ出仕しても、格別のことはない。

藩士たちは、ただ、ひたすらに待機をしている。

ところが、日がたつにつれ、はじめは右衛門佐擁立に反対で、決死の誓紙血判をも拒んでいた一部の家臣たちがつぎつぎに、

「それがしも血判つかまつる」

と、いい出てきたのだ。

江戸と沼田と、松代と……。

本家と分家と……。

幕府と真田家と……。

沈黙の対決へもちこまれた日々の経過が、真田本家の結束を尚も堅めることになった。

「のう、平五郎よ」

と、数日前、めずらしく御城へ姿を見せた鈴木右近が下城の途すがら、堀平五郎と一緒になったとき、藩士たちの結束について語り出した。

「これはやはり、大殿が生きておわすからじゃと、わしはおもう。おぬしはどうじゃ？」

「はい。私も……」

「大殿あればこそ……」

家中に、そうした空気がおのずからかもし出されるのだ、と、右近はいうのである。

いま、平五郎は駒の文字を彫ることも忘れ、うつろな視線を庭の一角へ向けていた。

（そうなのかも知れぬ……）

（大殿は、恐ろしい御方じゃ）

つくづくと、そうおもわざるを得ない。

この騒動が起る前に、平五郎や父の主膳が、酒井忠清から命ぜられていたことは、

「伊豆守信之の遺金が、どれほど在るか。それを探りとれ」

と、いうものであった。

これは平五郎が、たしかにつきとめ、酒井へ報告してある。

平五郎が亡父の跡をつぎ、当時はまだ、松代十万石の藩主であった信之から、

「よき男じゃ」

と、気に入られ、親しく傍近くへあがり、話相手をさせられたり、将棋の相手をつとめたりするうち、おのずから判明した。

信之は、わが遺金のことを平五郎のような一家臣へも隠そうとしなかった。

真田信之は、三十六年前に幕命により、上田から松代へ国替えになったとき、二十万両におよぶ金銀を所有していた。

その真偽のほどを、

「たしかめよ」

と、酒井が堀父子へ指令してよこしたのだ。

そのことを、将棋の盤面に見入りつつ、信之のほうから平五郎へ語り出したのである。

「わが家の金銀であると共に、わが領国の金銀でもあるのじゃ。このようなことを隠していてもはじまらぬことよ。いずれにせよ、大事のときの用意。それがのう平五郎。

むかしむかしに生きてあった武士のこころがけと申すものよ」

と、信之はいった。

その言葉も、平五郎は酒井につたえておいた。それが隠密としての当然の処置だったからである。

おそらく、酒井忠清も、あまりに開放的な真田信之の態度を、戸惑いの眼でながめたにちがいなかった。

いかに莫大な遺金があったとて、それだけで真田家へ容喙するわけにはまいらぬ。

さらに真田信之という大名の、将軍と幕府へ対する姿勢には一点の曇りもない。

平五郎は、いま、

（おれのほかにも、まだ、公儀隠密が真田家に入りこんでいるにちがいない）

と、おもっている。

塗師・市兵衛が、酒井の密命を運んで来たときのおどろきは、いまも忘れぬ。

あのときまでは、真田家へ潜入している隠密は自分だけ、と考えていた。

いまさらに平五郎は、幕府が張りめぐらしている諜報の網のひろさ、深さに瞠目せざるを得なかった。

これに向って、真田信之という大名は、すべてを、

「開放している」

のであった。

この真田家ほどに、隠密が活動しやすい舞台はあるまい、と、おもわれるほどなのだ。

それでいて、幕府がつけ入るべき一点の隙もない。

馬場吉次事件については、平五郎も父からきかされている。

そのとき父・主膳は、

「まるで、このときにそなえて、信之公は大御所から証拠の書状を受け取っていた、としかおもわれぬ。まことに、恐るべきお方じゃ」

嘆息をもらしていたものだ。

家臣と領民が、信之に抱いている信頼は絶対のものがあり、そのために、隠居した九十何歳の信之が起ちあがったとなると、是も非もなく、

「大殿と共に生き、共に死のう」

という連帯感がわき出てくる。

これは、真田家が生きぬいて来た歴史が期せずして培ってきたものといえよう。

理屈ではないのだ。

それも、ついに、ほろびようとしている。

平五郎が見ても、

「本家が伊賀守信利のものになる」

ことは、必定であった。

いずれは、そうなる。

右衛門佐出生のことはさておき、酒井忠清は、どのような手段を講じても、松代十万石を沼田の伊賀守信利へあたえずにはおくまい。

塗師・市兵衛を通じ、御使者屋敷にいる矢島九太夫は、

「そのときのことを覚悟しておくように」

と、いってきていた。

それは、こういうことだ。

信利が沼田から乗りこむとき、一当斎信之をはじめ、誓紙血判をした六百数十名（増えたため）は、かならず腹を切って死ぬであろう。

堀平五郎も、その中の一人になっている。

平五郎の妻・久仁も、そのときは夫の後を追うつもりなのだ。

いや、夫婦には寅之助（とらのすけ）という一人息子がいる。いま八歳であった。

何も知らぬ久仁は、寅之助も共に死なせる覚悟をしているらしい。
いざとなったとき……。
平五郎は、妻と子を捨てて幕府隠密の身を江戸へ運ばねばならぬ。
それが、矢島九太夫の指令であった。
矢島の指令は、酒井老中のそれであって、これに逆らうことはゆるされぬ。
「ああ……」
堀平五郎は、ふかいためいきを吐いた。
右衛門佐出生について、平五郎はまだ何もつかんでいない。
空は、青く晴れわたっていた。
裏庭のあたりで、寅之助の甲高い気合声と、木刀の打ち合う音がきこえた。
若党を相手に、寅之助が木刀を振りまわしているのであろう。
「もし……もし……」
久仁が廊下から入って来て、
「塗師の市兵衛がまいりましたが……」
といった。
平五郎は眉をひそめ、

「庭へまわれと申すがよい」

むしろ、沈痛にこたえていた。

五　機密の夜

一

　信濃も、梅雨に入ったようだ。

　来る日も来る日も、雨であった。

　そして、幕府（対）真田本家の間は、依然として不気味な沈黙と、膠着状態がつづいている。

　真田家の人びとや、また松代の城下の雰囲気や、それに一当斎信之の隠居所にも、いまや、この緊迫の持続を、

「日常のもの……」

と、しているかのような落ちつきさえ、感じられるようになった。

その中にあって、伊木彦六と波留の情熱のみが、ひそかに昂まりつつある。

「私は、しあわせものだ」

伊木彦六は、波留の肌身を掻き抱きながら、そういった。

「波留どのと、このようになって……そして、大殿の御供をして死ぬることができる。おもいもかけぬことだ」

「わたくしも……」

そのとき、はじめて波留が、

「わたくしも、彦六さまと共に死にまする」

と、いったのである。

決死の誓紙血判をした家臣たちも、その家族、その女子供たちまでを死への旅路へともなうつもりはなかったろうし、そのことを、あらためて口に出したわけではないが、家族たちは、それぞれ、死の覚悟をかためているようにおもわれる。

なぜなら、一家の主(あるじ)が、一国の運命に殉じて死んでしまえば、家族が後へ残ったとて、

「生きてある甲斐はない」

のである。

現代より三百何十年も前の、封建の世に生きていた人びとが、生死にかけている情念は、それほどに烈しいものだったといえよう。

波留の父で、横目付をつとめている守屋甚太夫も、誓紙血判をおこなった〔沼田衆〕の一人であるから、いざともなれば当然、自決をするにちがいない。

甚太夫の妻は、数年前に病歿してい、子は波留ひとりきりであった。

波留に、

「死ぬ」

といわれて彦六も、それが当然のことのように、反対をしなかった。

大殿・一当斎信之の眼をかすめ、夜ふけの、あわただしい愛撫の一時に、若い二人の心身は燃え盛っているのである。

春がすぎてから、波留の肌身の肉置きが、にわかに充ちてきて、

(これは……)

信之は、瞠目した。

(彦六め、やりおるわえ……)

であった。

こうしたことに、九十をこえた信之は、いま何の関心もわかぬとはいいながら、彦

六や波留に相対しているとき、何とはなしに、

（お前たちのことを、わしは知っておるのだぞよ）

という感じが信之のしわに埋もれた眼の色に浮いて出るらしく、

「やはり……大殿は、われらのことを、お気づきあそばしておられるようだ」

いつか彦六が、そう洩らしたとき、

「かまいませぬ」

と一言。波留は身じろぎ一つしなかった。

信之の側近くに仕えていて、何かの拍子に眼と眼が合ったりするとき、面を伏せてしまうのは伊木彦六のほうであった。

波留は、たじろぎもせずに信之を見返し、落ちつきはらっている。

まだ、春の雪がふっていたころ、信之が十八歳の波留が、彦六とのことを気にして、おどおどとしているのを見て、万事に、さり気なくふるまってやったときの彼女とは、まるで人がちがったような強い光を双眸にたたえはじめた波留であった。

（この、小むすめがのう）

女に対する憮然たるおもいだけは、いまもむかしも変らぬ。

むかし……それも遠いむかしの、あれは、たしか、鈴木右近忠重が二十三歳のとき

のことだから、いまより六十何年も前にさかのぼるわけだが、当時、三十を越えたばかりの真田信之は、早くも沈着の風貌をそなえてい、一種の熱血漢であった父・昌幸を、

「源三郎（信之）は、血が冷えておるわえ」

と、なげかせたものだ。

だが、なんといっても後年の信之ではない。

すでに、徳川家康の養女であり、本多忠勝の女でもある小松を妻に迎えていた信之だが、ふと、侍女の於順に目をつけたことがある。

於順は、家臣・杉野源右衛門の次女で、当時十七歳であった。

美女である。

どこかに憂愁のかげりをおびた白い顔だちが気に入り、信之は於順を、

「わがものに……」

しようとおもった。

信之ほどの武将が側室を置くのは、なんのふしぎもないことだ。

むしろ、側室はあったほうがよい。

戦場での死亡は別としても、現代ではわけもなく癒る病気でも、当時の人びとは、

呆気（あっけ）なく死ぬることが多かった。

跡つぎの男子は、何人もうけても、

「多すぎるということはない」

のである。

そのとき信之は、正式に、於順の父・杉野源右衛門へ申し入れた。

源右衛門は、

「ありがたき仕合せ」

大よろこびであった。

ところが、当の於順が、承知をしない。

いや、主君の命を拒むというわけにはゆかぬ。

だが、於順の言分（いいぶん）は、

「いいかわしましたる人がございます」

と、いうものである。

これをきいておどろいたのは於順の両親であった。

「その男とは、何者じゃ？」

「鈴木右近さまでございます」

「なんと……」

杉野源右衛門は、新たに狼狽をした。

源右衛門は、以前、右近の父・鈴木主水の家来だったことがある。

主水が真田家へ臣従し、さらに、主水の跡つぎの右近が真田信之の家臣となってから、源右衛門も信之に奉公をする身となった。

ゆえに、源右衛門にとって、鈴木右近は、いわゆる〔主筋〕にあたる。

以前の主人と現在の主人の板ばさみになったわけであるし、しかも以前の主人は自分と共に、現在の主人の家臣ということになる。

あわてて、鈴木右近の屋敷へ駆けつけ、

「まことでござりますか？」

問うや、右近が、

「あ、於順とのことか。まことじゃ。おぬしに前もって告げなんだのは、まことにわるかった」

事もなげに、こたえた。

二

こうなっては仕様もなく、杉野源右衛門は、恐懼して信之の前へ出て、

「恐れながら、実は……」

すべてを正直に告げ、

「いかがいたしましょうや？」

信之に、処置をあずけてしまった。

信之は破顔し、

「右近め……」

一言を、もらしたのみである。

いいかわした男との間を割くような、信之は暴君ではなかった。

それを、鈴木右近も杉野源右衛門も、充分わきまえての上のことだったのである。

「よし、おれが取りもとう。二人を夫婦(めおと)にしてやれい」

さっぱりと、信之がいった。

「はっ。かたじけなく……」

泪をうかべて杉野源右衛門はよろこんだが、今度は鈴木右近が、

（これは困った……）

あたまを抱えてしまった。

実は……。

右近と於順は、別に、いいかわした仲ではなかったのである。

しかし、そういうことにしてくれ、と、ひそかに右近へたのんだのは、於順であった。

むろん、信之の側室になるのが嫌だったからである。

信之が嫌なのではない。

側室になるのが、

「恐ろしゅうございますもの」

と、於順は右近にうったえた。

それはつまり、正夫人・小松を恐れたのであった。

ときに小松は十九歳で、信之と結婚してから二年を経ていた。

二年前の十七歳の折、はるばると駿河（現静岡市）の徳川城下から信州・上田の真田家へ、小松が輿入れ（こしいれ）をしたとき、はじめて、この長男の嫁と対面した真田昌幸が、

「信之には、すぎたる嫁じゃ」

と、いったし、当時の家老・矢沢頼綱(やざわよりつな)は、のちに、こう語り残している。

「とてもとても、十七の小むすめとはおもえなんだぞ。堂々として、おのずから威厳そなわり、それでいて声音(こわね)がやさしゅうて、立居ふるまいがいかにも女らしい。つくづくと、われら見惚れるばかりであった」

　真田信之夫人といえば、

「ひとかどの武将にも勝る……」

と、後世に語り残されたほどの女である。

　内気で、おとなしい於順のような女が側室となったときのことを考えたとき、このおもいあまって、鈴木右近にうったえたわけだが、右近としても無下(むげ)にことわれぬ。正夫人の眼を恐れたのもむりはないといえよう。

なにしろ於順が生まれたときから知っているし、真田家の人となってからも杉野源右衛門とは親しく行き来をしている。

　そこで肚(はら)を決めて、引きうけたものの、今度は信之が仲人に立つ、ということになれば、いまさら、

「あのことは嘘でござる」

ともいえぬ。

「ええ、めんどうな……」

それでついに、鈴木右近は於順と夫婦になってしまったのである。

於順はよろこんだが、右近としては、於順のように嫋々(じょうじょう)とした、肉置(しし)きのうすい、弱々しげな女は好みではない。

「もそっと、むっくりと肥えたのが好きであったのに……」

と、右近がなげいたものだ。

結婚をして見ると、前々から気ごころが知れていただけに、仲のよい夫婦となったが、二年後に、子も生まれぬまま、於順は病歿してしまった。

ずっと後年になってから、鈴木右近は再婚をしたわけだが、ともかく、こうした事情があっただけに、於順のことは忘れがたく、いま隠居所に飼っている黒い愛猫を、右近は、

「於順」

と、名づけたのである。

一当斎信之が、この黒猫を見て、

「黒うて汚ないではないか。於順が、あの世で、おぬしを恨むであろう」

といったのは、その、むかしむかしのおもい出から発したことばであった。

ところで……。

「実は、あの折、於順にたのまれ、はじめは殿を、あざむきたてまつったのでござる」

と、鈴木右近が信之に白状をしたのは、それからおよそ四十年もたってからである。

そのとき信之は、おどろきもせず、

「さほどのことが、わしにわからいでか」

と、いった。

「では、御承知の上で……？」

「わしだとて、小松は恐ろしかったわい」

さて……。

はなしをもどそう。

三

伊木彦六と波留のように、死への道程がそのまま、

「生のあかし」

となっている者たちは別にして、約一カ月におよぶ無言の対立の中で、真田家の人びとは、

（いよいよ、右衛門佐様の家督相続は不可能になった）

とのおもいを噛みしめていたことは事実だ。

江戸にいて嘆願をつづけていた重臣たちも、あきらめて松代へもどって来た。

彼らを隠居所において引見したとき、一当斎・真田信之は、

「何も申すな。申さいでもわかっておるわえ」

とい、酒肴を出させて重臣たちの労をねぎらったのである。

老中筆頭・酒井雅楽頭忠清は、ようやく、右衛門佐出生の秘密をさぐりとることを、あきらめたようであった。

さぐろうにも手段がない。

年月をかければともかく、真田家の今度の内紛について、幕府は、もはや早急に解決をつけねばならぬ段階に来ていた。

いまとなっては酒井忠清も、真田本家の決死の覚悟を、

「嚇し」

とは見ていない。

大殿の一当斎信之をはじめ、六百数十名の人びとが死に絶える。

それは、いささかもかまわぬ。

沼田の真田分家から、わが義弟にあたる伊賀守信利を、松代の本家へ入らしめればよい。

沼田分家は、酒井老中の権威と裁量をもって、どのようにもあつかうことができる。

だが酒井忠清は、年少の将軍・家綱の補弼（ほひつ）の大任を帯びている。

それは取りも直さず、日本の天下を、諸国大名を統治する大任であるから、真田家の始末をつけるにしても、

「天下の名物」

と、世にうたわれている真田信之を死なせてまで、伊賀守信利を立て通した自分の……すなわち幕府の裁決を正当化し、天下が、これを、

「むりもなきこと」

と、みとめるように仕向けて行かねばならぬ。

右衛門佐出生のことが、そのための名目とならぬ以上、

「満一歳の幼児に、十万石の家督をさせるのは天下政道のためによろしくない。他に

人がないというのなればともかく、分家の真田信利は二十四歳に成長してい、沼田三万石の藩主でもあるし、老公（信之）の実の孫にあたるのだから、幼児の右衛門佐にかわって本家の主となることは、いささかも不都合ではない」

そして、さらに、

「そもそも老公は、かつて、伊賀守信利が五歳の幼児にすぎぬといわれ、沼田分家の家督をつがしめず、これを次男・信政にあたえたことがある。となれば、このたびの幕府の裁決は、老公の意にもかなったものであるし、真田の家風に添うたものである」

という名目を、天下にみとめさせねばならぬ。

酒井忠清は、幕府閣僚をはじめ、将軍家の親族であり、諸大名の首位にある尾張・紀伊・水戸の徳川御三家の賛同をも取りつけ、有力大名にもはたらきかけねばならない。

それが、この一カ月ほどの間に、うまく進展しつつあるらしい。

塗師（ぬし）・市兵衛こと吉田市兵衛が、例のごとく微風のように鈴木右近の隠居所へながれこんで来て、

「堀平五郎をはじめ、松代領内に在る公儀隠密にも、近きうちに、いよいよ御公儀の

断が下ることを、矢島九太夫よりつたえたようにござる」

と、告げた。

「で、市兵衛には、なんと指図があったのじゃ」

「私へは、引きつづき、一介の塗師として、御城下へ残るようにと、先日、矢島九太夫より申しわたされました」

「ふうむ。さようか……」

「ちかごろは、右衛門佐様御出生のことにつき、矢島九太夫は、何も口にいたしませぬ」

「なるほどのう……」

それは、酒井忠清の決意をものがたるものといってよい。

政治工作がうまくはこび、酒井は自信をもつにいたった。

もはや、右衛門佐出生の真偽をたしかめずとも、

「断行して、さしつかえなし!!」

と、見きわめがつきかけているにちがいない。

(それにしても……?)

と、市兵衛は不審におもった。

鈴木右近の八十をこえた老顔に、微少の翳りすら浮かんでいなかったからである。

「それで、いかがなされます？」

たまりかねて、市兵衛が右近に、

「このままに、打ち捨てておきまいては……」

「さようさ。なれど、市兵衛。こちらには酒井に対して、ただもう、分家の伊賀守様に本家へ来られてはたまらぬ、嫌じゃ。なればこそ、赤子の右衛門佐様に御本家をつがせたい……と、これだけの名目なのじゃから、どうにもなるまいわい」

「なるまいわい、と、さように申されてしもうては……」

「よし、よし。相わかった。ときに市兵衛……」

「はい？」

「明日な、昼すぎに、わしが馬で、お前の家の前を通るのを見たら、夜ふけに忍んで来てくれい」

「かしこまりました」

「一度しか通らぬぞ、よく見ておれよ」

「大丈夫でござる」

「そしてな、忍んで来てもらうのは、この隠居所にではない」

「と、申されますのは……?」

「柴村の大殿のもとへ、来てもらいたいのじゃ」

四

翌日の夜ふけ、亥ノ上刻(午後十時)ごろに、市兵衛は、柴村の隠居所の表門と道をへだてた木立の中に、雨仕度で屈みこんでいた。

この日も、雨である。

霧のようにけむる雨であった。

どこも彼処も、それこそ市兵衛があつかう黒漆のような闇の底に沈んでいる。

と……。

松代城下の方から、人の足音が近づいて来た。

市兵衛の前に、その人影があらわれた。手に松明を持っている。

小柄だが、がっしりとした躰つきの男で、蓑に笠という雨仕度であった。

「市兵衛……」

と、その男がよんだ。

「これは……」

あわてて、市兵衛が道へ飛び出した。

男は、鈴木右近なのである。

「おどろきまいた。御隠居所の内からおよびこみになるかと、存じておりましたに
……」

「なにを、おどろく？」

「おひとりで、この雨の中を徒歩(かち)にて、とは……」

「八十をこえても右近忠重、これほどのことはわけもないわえ。躰の鍛えが、お前たちとはちがうぞよ」

「おそれ入ってござる」

「さ、まいれ」

「大殿に、お目通りを？」

「待っておわす」

「この夜ふけに……」

「さよう」

市兵衛は、さすがに、

(これは、容易ならぬことだ……)

と、直感した。

表門を、二人が入って行くと、門番小屋に、早くも伊木彦六が待ちうけているのが見えた。

彦六は表玄関からではなく、北側の内玄関から入って行った。

一当斎信之の居間へ、二人が入るまで、彦六のほかには、一人もあらわれぬ。

信之は、居間の炉の前にすわって、居ねむりをしていた。

今夜の宿直(とのい)は、波留ではない。

彦六が二人を案内して去ったとき、市兵衛は廊下にひれ伏していた。

父の代に、信之から真田隠密の秘命をうけ、幕府側へ潜入した吉田市兵衛であったが、信之に目通りしたのは、この夜が初めてのことなのである。

「これ、市兵衛。おもてをあげい」

と、鈴木右近が声をかけた。

「ははっ……」

恐る恐る顔をあげ、

「吉田市兵衛にござりまする」

「おお……」

にっこりとうけた一当斎信之が、

「父の代より、ひとかたならぬ苦労をかけたのう。さ、入れ。ここへ、ここへ……」

と、さしまねいた。

「恐れ入りたてまつる」

「そこでは、はなしにならぬ。今夜は三人のみで、いろいろと語り合わねばならぬのじゃ」

「まことに、むさ苦しき風体(ふうてい)にござりますれば……」

「何を申す。風体なぞと、いうておる場合ではないわい」

と、これは鈴木右近であった。

この夜……。

三人が、どのような密談をとげたかは定かでない。

朝が来たとき、鈴木右近と市兵衛の姿は、もはや隠居所内に見えなかった。

この日の午後に、隠居所へ出仕をした波留が、伊木彦六と交替するとき、いつものごとく、

「何ぞ、うけたまわっておくことは？」

問うたときにも、彦六は、昨夜の右近・市兵衛来訪のことをいわなかった。

これは「だれにも申してはならぬぞよ」と、かたく、信之から口どめをされていたからである。

そのころ、信之の侍臣・師岡治助が城下の堀平五郎家をおとずれ、

「大殿の御相手をたのむ」

と、信之のことばをつたえた。

平五郎が信之の相手をするというは、将棋の相手をつとめることなのにきまっている。

「心得た。大殿は御変りもなくおわすか？」

「われらが案ずるよりも御元気じゃ」

「このところ、しばらく御相手もせなんだ」

「さすがに大殿も、将棋どころではなかったのであろうよ」

「いま、すぐにまいる」

「いや、ゆるりとでよい。夕暮れ近くなってからでよいそうな。将棋のみにてではなく、御酒（ごしゅ）の御相手もつとめてもらいたい」

「心得た」

この日は、朝から雨が熄んでいる。

うす陽が、雲間から洩れていた。

堀平五郎は身仕度をととのえ、

「遅うなるぞ」

妻女の久仁へいいおいて、殿町の屋敷を出た。

城下を出外れると、すでに田植えも終った川中島平の耕地が平五郎の眼に入った。

（ああ……いつの間に……）

と、平五郎は深いためいきをもらした。

今度の騒動で、季節の移り変りさえも気づかぬほどだったのは、秘密の立場に在る平五郎のみではあるまい。

だが、百姓たちは一日たりとも、おのがつとめをおろそかにせぬ。おろそかにはできぬ。

これこそ、人の世のいとなみの、持続の美徳ともいうべきであろう。

このとき、耕地をながめて堀平五郎は、何ものとも知れぬ、見えざるちからに、こころを打たれたのであった。

例年、田植えどきともなれば、一当斎信之は馬上で近辺の耕地を見まわり、百姓たちの田植唄をきくのが、何よりのたのしみだそうな。

しかし今年の信之は、どうであったろうか……。

隠居所へ着くと、すぐに、信之の居間へ通された。

「しばらくじゃの」

声をかけた信之が、いささかの窶(やつ)れも見せていないのに、平五郎は瞠目した。

いよいよ、事態が煮つまってきていることを、

(大殿は、まさに、知っておわすはず……)

だったからである。

居間の炉には、火が燃えていた。

そして、すぐに酒が出た。

「さ、ゆるりとのめ」

「かたじけのうござります」

「女房子どもに、変りはないかの?」

「はい。お蔭をもちまして……」

「寅之助は、さぞ、大きくなったことであろう」

「おそれ入りまする」

「子供のうちが花よ。わしを見よ、平五郎。はじめて鎧を着せられ、馬に乗せられ、戦陣へ突き出されたのが十四のころであった。いやも応もなく、血の匂いを嗅がされたものよ。それより、八十年……」

と、しだいに、一当斎信之の声音が弱々しくなってきて、

「……八十余年も、わが家をまもることのみに心身を傷めつづけてきて、ようやくに楽隠居の身になり、わずか二、三年の、のどかな暮しを冥土へのみやげにすることができるとおもうたら……この騒ぎじゃ」

信之は、吐息をもらした。

（やはり、大殿は、こたえておられる。おれにまで、このようなことをおもらしになるとは……）

一瞬、堀平五郎は公儀隠密の身を忘れ、信之に同情せざるを得なかった。

むりもないことではある。平五郎も、その父も、真田家の臣になりきって三十年をすごしてきたのである。

「さて、はじめようかの」

「はい」

平五郎は、自分が献上した手製の将棋の盤と駒を、信之の前へはこび、夕暮れまで

に二局ほど相手をした。結果は一勝一敗である。

尚も平五郎が、駒をならべかけると、

「もう、よい。疲れた……」

一当斎信之が、がっくりとして脇息にもたれ、

「せっかくに来てもろうたが、もはや、つづかぬわえ」

「おやすみになられまするか……伊木彦六殿を只今、これへ……」

と、堀平五郎が腰をあげかけたのへ、

「平五郎……」

信之が、おもいあまった様子で、

「ま、待て」

「は……?」

「いや、よいわ。彦六をよんでくれい」

「では……」

「あ、待て」

またも呼びとめ、信之は、白絹の頭巾をかぶった頭を両手に抱えこみ、何やら逡巡しつつ、尚も、平五郎へ、何か用事をいいつけたいようなのである。

その様子に、平五郎は、

（ただならぬもの……）

を、直感した。

「大殿。いかがあそばされました？」

「う……」

「大殿。御躰が……」

「いや……」

屹と、信之が老顔をあげた。

しわの中から、信之の爛々と光る双眸が、こちらへ飛び出して来るかのように、平五郎はおもった。

その、凄まじい眼光に、彼は衝撃をうけた。

（おれの……おれの正体を、大殿に見破られたのではないか……？）

と、感じたからである。

五

「平五郎。もそっと、側へ寄れい」

視線を平五郎の顔からはなさずに、信之がいった。

「は……」

たまりかねて、平五郎は顔を伏せた。

(おれとしたことが……何故、顔を伏せたりしたのだ。これでは、大殿に怪しまれるばかりではないか……)

公儀隠密ともあろうものが、胸底の動揺をおもてにあらわしてしまった……。

つぎに、一当斎信之の声をきくまでが、堀平五郎にとっては堪えがたく、長く苦しい時間となった。

信之は、厳かな決意のこもった低い声で、こういった。

「平五郎。そちにやってもらおう」

「……?」

何を、やれというのか……。

「今日、そちに将棋の相手をしてもろうて、急に、その決心がついた」

何の決心なのか……。

このとき、伊木彦六が燭台に灯をともしにあらわれた。

信之は、

「彦六。しばらくは、此処へだれも通すな。見張っておれ」

と、命じた。

いよいよ、只事ではない。

堀平五郎の緊張は、極限に達した、といってよいだろう。

彦六が去ってから、信之は、

「近う……」

さらに、平五郎をまねき寄せて、

「この隠居所に仕えるものをさしむけては、却って目に立つ」

「な、何事でござりましょうか？」

おもいきって、平五郎がたずねた。

われにもなく声が震えるのに、平五郎は胸の中で舌打ちをした。

（おれとしたことが……）

である。

むろん、一当斎信之との間に、曾て、このような場面を経験したことはなかった平五郎であるが、何というか、巌の下へ身を押し込まれたような圧迫感を九十三歳の信之からうけ、呼吸はあがってくるし、躰中の肉も骨も硬直し、それがいまにも粉々になってしまうかにおもえた。

「これより、わしが申すことを、よくきけよ」

「はっ……」

「平五郎。そち、わしのためにどのようなことも仕てのけてくれるか？」

「も、申すまでもござりませぬ」

「よし」

うなずいた信之が、平五郎の耳へ口を寄せ、

「右衛門佐のことじゃが、あれは亡き内記（信政）の子ではない。勘解由（信就）が、ひそかに或る女に生ませた子じゃ」

「ま、まさかに……？」

と、いいつつ、平五郎は、

（やはり、そうだったのか……なれど、何故、おれのみに、この重大事を大殿が打ち

明けたのか……？）

驚愕と困惑と警戒とが同時に、平五郎の思念を掻き乱し、

（いま、おれは、どのような顔つきになっていることか……）

自分自身が、ひどく、たよりなげに感じられた。

一当斎信之がいう。

「右衛門佐を生んだ女は、まだ、この世に在る」

「は……」

口中が乾き切って、返すことばが出て来ぬ。

「わしが、あるところへ隠してあるのじゃ、公儀の眼がうるさいゆえ、な」

「は、はい」

「いまのところ、これを知っているのは、わしと鈴木右近。それにそちのみである」

「お、恐れ入り……」

「いまは、酒井雅楽頭が目付・矢島九太夫をはじめ、沼田の伊賀守へ、ひそかに内応しておる者どもや、城下へ入りこむ公儀隠密どもが蠢動するゆえ、わしは、夜もおちおち眠れぬのじゃ」

しだいに、平五郎は冷静さを取りもどしつつあった。

一当斎信之の声には真情がこもっている。これまで自分が信之からうけてきた寵愛を振り返って見るなら、

（おれに、胸のうちを吐露なさるお気もちも、わからぬではない）

からであった。

「なれど平五郎。この、右衛門佐出生の秘密を、酒井雅楽頭や公儀に知られたなら、もはや、どうにもならぬ。わしはわしなりに、こたびの騒動については、ひそかに手を打ってある。それがうまく、はこんでくれればよいが……なればこそ、いまが大事のときじゃ」

平五郎は、するどく信之を見た。

いまは、どのように切迫した眼の色になっても、不自然ではなかった。

（だが……大殿が、ひそかに手を打ってある、と、おおせられたのは、いったい、何のことなのか？）

新たな昂奮が平五郎の血を熱くさせた。

いまより、およそ百年も前に生まれた真田信之なのである。

堀平五郎などには、うかがい知ることもできぬ戦乱の中をくぐりぬけ、家と国とを温存させることを得た一当斎信之のことであるから、

（どこへ向けて、どのような権謀をおこない、術数をめぐらしておられるのか、はかり知れぬ……）

ものがあると見てよい。

このことを、江戸幕府も酒井忠清も、おそらく知っていまい。

（大殿は、それゆえにこそ、まだ、のぞみを捨てておられぬのだ）

であった。

「平五郎、たのむ」

「は……？」

「いまとなっては、右衛門佐を生んだ、その女のいのち、断つよりほかに道はないのじゃ」

と、信之が、いいはなった。

六

真田信之は、堀平五郎一人に密命を下し、右衛門佐の生母を暗殺させようといったのである。

「そちならば、だれにも気づかれまい。仕てのけてくれるか？」

「はい」

すると信之が、緊張の中にも、うれしげな笑いを老顔に浮かべ、

「それで、よい。それでよい」

泪ぐんでいるのであった。

なるほど、平五郎ならば怪しむ者もいまい。

この隠居所にも、見張りの目が光っている。

誓紙血判をした家来の中にも、ひそかに沼田分家へ通じているものが、

「五人はおりましょう」

と、玉川左門が信之に告げたことがあった。

それればかりではない。

平五郎が、塗師・市兵衛からきいたところによれば、

「柴村の隠居所は、絶えず公儀隠密に見張られている」

とのことだ。

「平五郎。では、たのむぞよ」

大きいが、かさかさに乾いた信之の手が平五郎のそれをつかんだ。

「いのちに替えましても……」

いいつつ、平五郎の両眼も、熱いものにぬれてきた。

この平五郎の泪は、いったい、どういう性質のものだったのか……。

平五郎自身にも、おそらく明確なこたえは出なかったろう。

強いていうなら、これまで自分にかけてくれた信之の、あたたかい慈愛のこころに対して、あまりにもきびしすぎる背信行為へ走ろうとしているわが身を、われから悲しむ泪であったやも知れぬ。

さて……。

右衛門佐の生母は、下男下女三人につきそわれ、松代城下から東北五里余の小河原というところに設けられた隠宅で潜み暮している、と、信之はいった。

この生母を、

「下男下女もろともに、殺害せよ」

と、信之は平五郎に命じたのである。

「わが屋敷へはもどるな。このまま、すぐに小河原へ行け」

信之の指示に、

「心得ました」

平五郎は、隠居所の信之が住む山腹の一棟から庭へ下り、信之のいうままに、東側の山道へぬけた。

すでに夜となってい、雨がふり出してきた。

(雨になるやも知れぬ)

と、おもい、わが家を出るときに、合羽・笠の雨仕度をしてきていたのが、さいわいであった。

木立の中へ入り、平五郎は袴をぬぎ捨てた。

(さて、これからどうするか……?)

先ず第一に、このことを、城下・伊勢町の〔御使者屋敷〕にとどまっている矢島九太夫へ報告し、その指図をうけねばならぬ。

(おれが、御使者屋敷へ行くわけにはまいらぬ。と、なれば……)

やはり、塗師・市兵衛をつかうよりほかにない。

平五郎は山林を下って、隠居所の南方の道へ出るや、闇を切って走りはじめた。

すると、背後から、だれかの足音が追って来るではないか。

平五郎は、腰の大刀へ手をかけ、振り向いた。

「私だ」

追って来た男は、塗師・市兵衛であった。

「今夜は、私が隠居所のまわりを見張っていたのですよ。先刻、堀どのが隠居所へ入って行くのを見たので、気をつけていたのでござる」

「ちょうど、よかった……」

「なんですと？」

「市兵衛殿。大変なことになった」

「えっ……？」

「こちらへ……」

平五郎は市兵衛を木立の中へ誘い、すべてを告げた。

告げながら、ようやくに自分一人の手につかみ取った〔秘宝〕を、むざむざと右から左へわたしてしまうのが、惜しくなってきた。

だが、すべてを語ってしまうと、がっくりとちからがぬけ、平五郎は虚脱したようになった。

「堀どの。これ、平五郎どの……」

市兵衛の昂奮した声に、はっとして、

「市兵衛どの。どうだ」

「むう……まさかに、このような……なれど、それは、おそらく間ちがいのないことでしょう」

「矢島様へ、すぐに……」

「私が、まいります」

「おれは、どうする?」

「此処をうごかず、隠れていて下され。すぐに、矢島様の御指図をうけ、もどってまいります。それまで待っていただきたい。まだ、夜は長うござる。何事も落ちついて仕とげましょう」

「わかった」

「では、ごめん」

たちまちに、市兵衛の姿が消えた。

平五郎は、そこにたたずみ、市兵衛がもどるのを待った。

(ついに……ついに、おれが勝った。大殿に勝った……)

じわじわと、勝利の快感が、はじめて平五郎の五体にわきあがってきたようだ。

亡父・主膳から自分へ、三十余年にわたって真田家の家来になりきり、しかも、真田信之が、

（こころをゆるし、かほどの大事を打ち明けるようになるまでの信頼をうけるようになった、その、おれの辛抱が実った……）

のである。

陸奥・岩城平七万石の城主・内藤帯刀が、

「信濃の獅子」

と評した巨大な男……真田信之に、一介の隠密にすぎぬ自分が勝ったのである。

（あの大殿も、この、おれにだけ敗けた……）

そのうち、得体の知れぬ寂寥感に、平五郎は抱きすくめられた。

矢島九太夫が、どのような指図をするかは、まだわからぬ。けれども、その指図しだいによって、平五郎は、わが家へは帰れず、このまま、まっすぐに江戸へ向うことになるやも知れぬのだ。

堀平五郎は、酒井老中や幕府にとって、

「重要な証人」

と、なるわけであった。

いざともなれば、一当斎信之と対決せねばならぬ、ものでもないのだ。

（いよいよ、久仁や、寅之助と、別れるときが来た……）

のである。

いずれにせよ、そうなる。

信之を裏切ったからには、真田の家来として、松代に残れるわけがない。これだけは、たしかなことであった。

今夜から堀平五郎は、公儀隠密の本体にもどるのだ。夫を忠節な真田の臣と信じきってうたがわぬ妻や子とは、どのように微細なつながりもなくなってしまった。

雨音がこもる木立の中に立ちつくし、平五郎は、いま急激に、いっさいのものが、

(空しい……)

としかおもえなくなってきている。

一当斎信之に対する勝利の感動など、嘘のように消えてしまった。

(所詮、おれなどは、酒井雅楽頭にあやつられる人形にすぎないのだ……)

やがて、市兵衛が木立の中へ姿をあらわした。

六　密書

一

「市兵衛どの。此処だ」

　よびかける堀平五郎の声に、近寄って来た市兵衛が、

「おお……平五郎どの。万事上首尾にござる。矢島九太夫様は、おどろきもし、よろこびもされ、堀父子（おやこ）が積年の苦労と忍耐が、ようやく実ったか、と……」

　低いが、その声は弾んでいる。

「そうか。矢島様が、そのように……」

「いかにも。江戸表の雅楽頭（うたのかみ）様におかれても、どのようにおよろこびなさるるか、そのお顔が目に浮かぶようじゃ、と、矢島様が申されていましたぞ」

「そりゃ、まことか……」

「まことでござる」

「そ、そうか……」

平五郎は、深い感動をおぼえた。

同時に、先程まで胸の中へじわじわとひろがりはじめてきた、どうしようもない空しさが消え、

（おれは、あの大殿に勝った!!）

隠密として、いっさいの自分をころし、神経を張りつめて暮しつづけてきた長い歳月が、新しい充実感さえともなってよみがえってきたのである。

市兵衛は、四人の男をつれてもどって来た。

男たちは、いずれも百姓の風体であったが布をもって顔をおおい、手に手に、藁苞を抱えている。

藁苞の中には、刀をひそませてあるにちがいない。

彼らは、今度の騒動が起ってから松代城下や領内へ潜入して来た隠密たちであろう。

「堀どの。急がねばなるまい」

「うむ……」

「あなたは、この書状を持ち、すぐさま、江戸へ発足していただきたい」

と、市兵衛が、矢島九太夫から酒井雅楽頭忠清へあてた密書を平五郎へわたし、

「急ぎ、江戸へ……一時も早く、このことを雅楽頭様のお耳へ、おつたえせねばならぬ」

「心得た」

「あ、堀平五郎どの」

「何か……？」

木立を出て行きかけた平五郎の腕をつかみ、耳へ口を寄せ、市兵衛が、こうささやいた。

「御妻女、御子息のことは心配なさるな。矢島様が、すぐに手を打たれますぞ」

「さようか……」

つとめて冷静にこたえたつもりだが、この市兵衛の言葉をきいたとき、堀平五郎の五体へ衝きあがってきた感激と昂奮は、一当斎信之からあの秘密を打ちあけられたときより数倍も強く、烈しいものであったといえよう。

(雅楽頭様は、おれや、おれの父の、三十年にわたる苦心苦労を、お忘れではなかったのだ)

であった。

どのような手段で妻の久仁と寅之助が、酒井忠清の命をうけた矢島九太夫によって救出されるものか、それは知らぬが、

(先ず、安心をしてよい)

と、平五郎はおもった。

急に、平五郎は、ひしひしと、心身にちからが湧きあがってくるのを感じた。

「市兵衛どの。では……」

「たのみましたぞ」

堀平五郎は、他の四人へ目礼し、木立から走り出た。

どこかで、栗の花が匂っているのを平五郎は知った。

それだけ、彼に余裕が生まれたのであろう。

(久仁も、寅之助も無事に、江戸へ送られてくるにちがいない。そうしたら、また一緒に暮せるのだ)

真田家の忠義な家来だと、夫をおもいこんでいる久仁が、すべてを知ったとき、どのような反応をしめすか……それだけが、ただ、気にかかる。

(だが、おれたちは夫婦なのだ)

説得する自信は、充分にある。
雨をついて、平五郎は走りつづけた。
徳坂から山越えに鳥居峠の国境をぬけ、吾妻の高原をすぎて沼田へ入れば、そこは
もう真田分家の伊賀守信利の城下であり、完全に安全圏内となる。
危険を感じたなら、分家へ飛びこんでしまえばよい。
しかし、本家から追手が出たとしても、
(先ず、追いつくまい)
と、平五郎はおもった。
一方、市兵衛は四人をひきいて小河原へ急行し、右衛門佐の生母を証人として捕え、
乗物に押しこめ、これも鳥居峠から沼田へ向うことになっている。
ちょうど、そのころであった。
堀平五郎の屋敷へ、一当斎信之の侍臣・玉川左門があらわれ、平五郎の妻の久仁へ、
「寅之助同道の上、隠居所へまいられたい」
と、信之のことばをつたえた。
隠居所へは、いま、夫の平五郎が伺候しているはずではないか。
「何事が起りましたのか?」

久仁は、緊張した。

玉川左門は、あたたかい微笑をうかべながら、

「大殿のおことばでござる。案じめさるな」

と、いった。

その左門の様子に、すこしは緊張も解けたが、いずれにせよ、この夜ふけに平五郎の妻子が隠居所へ呼び出されるというのは、

(只事ではない……)

のである。

「平五郎殿も隠居所に待っておられる」

という左門のことばをたよりに、久仁は、すでに寝間へ入っていた寅之助を起し、屋敷を出た。着替える間もない。

左門が、しきりに、

「そのままで、ようござる」

と、急きたてたからだ。

門の前に乗物が二つ、用意されてい、警固の武士が十余名も待機していた。

久仁は、ふたたび不安を感じた。

（平五郎の身に、きっと、何か異変が起った……）

と、おもわざるを得ない。

しかし大殿の命を拒むわけにはゆかぬし、拒む理由もない。

退引（のきひき）もならず、久仁は、寅之助と共に乗物へ入った。

久仁と寅之助が、こうして柴村の隠居所へ運ばれて行くのと入れちがいに、師岡治助が七名の藩士をしたがえ、堀邸へあらわれ、若党から下女にいたるまでを、すべて、鈴木右近の屋敷へ移した。

雨の夜のことだし、堀家の近所でも、これに気づく様子もない。

そのころ、伊勢町の御使者屋敷では、矢島九太夫が、堀平五郎邸襲撃の手筈をととのえていた。

（夜が明けぬうちに……）

平五郎の妻子を抹殺するためであった。

もしも平五郎が松代城下を去るような場合には、

「万一を慮って……」

酒井忠清からの指令が、矢島九太夫へとどけられていたからであった。

矢島は、六名の刺客（しかく）を堀家へさし向けた。

これを手びきしたのは、沼田の分家へ内応している藩士たちであったとおもわれる。

ところが、堀邸内には猫の子一匹も残っていない。

その報告をきいて、矢島九太夫は、

(妙な……?)

と、不安になってきた。

門の扉も閉じられていず、中へ潜入して見ると、邸内はしずまり返ってい、家財道具その他は手つかずになったまま、住む人びとだけが、

「消えておりました」

と、矢島腹心の家来・川村瀬兵衛(せへえ)がいった。

御使者は、真田家によってまもられているが、出入りの要所をまもる者の中に沼田派の藩士がいて、矢島九太夫の活躍をたすけている。

本家の藩士には、絶対に、怪しまれてはいないという自信を矢島はもっていた。

(まさか、平五郎が妻子を逃がしたのでは?……いや、そのようなはずはない。だが、これは、油断ならぬことだ)

九太夫は、ともあれ、松代領内に潜入している隠密たちだけを、早急に、領外へ散らすべく指令を下した。

二

はじめ、矢島九太夫は、

(平五郎も市兵衛も、失敗したのか……?)

と、感じた。

川村瀬兵衛をつかって、つぎつぎに指令を発しつつも、矢島は不安でたまらなくなってきている。

亥ノ下刻(午後十一時)ごろであったろうか。

矢島九太夫が寝間にしている部屋の廊下へ、足音がして、

「市兵衛が、まいりました」

川村の声がした。

矢島は、はね起きた。

「まいったか。早う、これへ……」

夜具へ入ってはいたが、ねむるためではない。

矢島は寝衣に着替えてもいなかった。

今夜の御使者屋敷の裏門の番士は、沼田分家に内応している藩士や足軽によってまもられていたから、矢島九太夫は自由自在に指令を出すことができた。

いつもは、塀を乗りこえ、直接に寝所の外庭から声をかける市兵衛であったが、今夜は裏門から川村瀬兵衛にみちびかれて入って来たのだ。

「市兵衛か。どうした?」

切りつけるような声で、矢島九太夫がきいた。

「は……」

矢島を見上げ、市兵衛が、はっきりと、うなずいて見せる。

これは、

(すべて、おもいどおりに……)

完了したことをものがたっている。

「う……」

矢島は、安心のうめきをもらした。

小河原の隠れ家にいた右衛門佐の生母は、合せて八名の隠密に警固され、

「いまごろは、鳥居峠へ向っておりましょう」

と、市兵衛が満面へ、自信の笑いをいっぱいにうかべ、

「女を白状させる暇はございませんでしたが、その折の挙動、狼狽のありさまなど、まさしく右衛門佐君を生んだ女に相違ございませぬ」

「む。市兵衛ほどの者が、そこまで申すのであれば、よも間違いはあるまい」

「大丈夫にござる」

「で、その隠れ家には？」

「真田家から出ました小者三人、下女二人につきそわれておりましたなれど、いずれも……」

「斬って捨てたか？」

「物盗りの体(てい)に見せかけておきまいてござる」

「それでよし、それでよし」

微少の証拠とて残してはおかなかった、と市兵衛は語った。

証拠がない以上、翌朝になって、真田家がどのようにさわぎ立てようとも、

（知ったことではない）

のである。

だが、そのためには、事を急がねばならぬ。

「市兵衛」

「は？」

「おぬしも、早々に家へもどれ。事をすましたからには、一筋の尻尾も、毛も、つかまれてはならぬ」

「承知つかまつった」

「これを持ってまいれ。いずれ、あらためて、雅楽頭様から恩賞の御沙汰があろう」

と、矢島九太夫が、ずっしりと重い金包みを市兵衛へよこした。

「ちょうだいつかまつる」

悪怯(わるび)れることなく、市兵衛は金をふところへしまいこみ、

「では、ごめんを……」

「くれぐれも、後のことには気をつけてくれるよう」

「心得まいた」

市兵衛は、御使者屋敷の裏門へ出て、ふりけむる雨の闇へ溶けて行った。

「ああ……」

矢島九太夫は、がっくりとちからがぬけたおもいであった。

松代へ来て、真田本家の騒動を、酒井老中の耳目となって監視しつつ、しかも、松代城下を中心に張りめぐらされた諜報網をあやつる苦労は、なみたいていのものでは

なかったろう。

それにしても、真田本家のすべてが、今度の騒動にこころを奪われ、御使者屋敷の警固などには、あまり神経をつかわずにいてくれたことを、いま、矢島は、

(何よりであった……)

と、おもっている。

どっと疲れが浮いて出て、矢島九太夫は夜具の上へ倒れ、いつの間にか、ぐっすりとねむりこんでしまった。

「矢島様。もし……もし、矢島様!!……」

枕元で呼びかけている川村瀬兵衛の声に、

「う……?」

矢島は、目ざめた。

「一大事でございます」

「何と……?」

飛び起きた矢島九太夫へ、川村が告げた。

松代領内から他領へ抜ける街道や間道のあらゆる場処が、

「いつの間にやら、蟻一匹の這い出る隙間もなく固められておりまして……」

「な、何じゃと？」

まことに、いつの間にやら……本家の藩士たちが出動し、城下も領内も、きびしく固めてしまったらしい。

そのため、領内に潜んでいた公儀の隠密たちが、

「逃亡しかねておりまするようで……」

と、川村は青ざめていた。

「な、何故だ？」

「わ、わかりませぬ」

「右衛門佐殿生母をまもって、鳥居峠へ向った一行もか？」

「いや、それは大丈夫だと存じます。一行が捕えられた様子は、さらにございませぬ」

「尚も、たしかめい」

「はっ」

「また、これよりは、この御使者屋敷内で、相なるべくは、ひっそりとしておるように」

「心得まいた」

矢島は、

(老公に、さとられたのか……?)

と、おもった。

(手落ちは、なかったはずだ)

御使者屋敷に、真田本家の家来たちも詰めてはいるが、平静をきわめていた。

すでに、朝であった。

いつもの朝のようないとなみの物音が、いつものように屋敷内できこえるのみだ。

発見された様子は、微塵もなかった。

さて……。

領内における厳重な警戒は、まる二日後に解けた。

この間、隠密を探索し、これを捕えようとする気配は、まったくなかったのである。

ただ、領内の者でも、一人たりとも他領へ出すまい、と、していただけのようだ。

塗師(ぬし)の市兵衛は、以前のごとく落ちついて、黙々と家業にはげんでいるようであった。

酒井忠清の隠密たちは無事に松代領内から脱出して行った。

その報告をうけて、矢島九太夫は、まるで、狐につままれたようなおもいがした。

三

一当斎・真田信之は、夢を見ていた。

暗い、闇の中に、亡父・真田昌幸の老顔が笑っている。

その笑いには、あざけりの色がふくまれている。

躰も小さく、顔も小さな父であったが、隆々とした太い鼻は、父の底知れぬ精力をあらわしてい、らんらんたる双眸のかがやきは、向い合っている信之の肚の底の底まで見とおしているにちがいない。

昌幸の、くちびるが微かにうごく。

「源三郎（信之）の血は、冷えておるのじゃ」

と、つぶやいているのだ。

「冷えている、冷えている。源三郎の血は、冷えている……」

嘲笑と共に、低く、皮肉をこめて、父がいいつのっている。

「冷えている。お前の血は冷えている……」

こうした夢を、一当斎信之は、九十三歳になった今日まで、何度も見ている。

ことに、今度の騒動が起ってからは、九度山の配所で病歿した父・昌幸と、大坂戦争で討死をとげた弟・幸村が、頻繁に夢の中へ出て来るようになった。

「冷えている。兄上の血は、冷えておられる」

と、弟・幸村までが信之に呼びかけてくるのである。

(あのときのことを……)

父と弟は、いいつのって、熄まないのだ。

(あのとき、わしが決意をし、父と弟に別れたことが、何故、父の気に入らなかったのであろう。そこが、わからぬ。わしの血は、別に冷えても凍りついてもおらなんだ。わしは一国一城の主として、為すべきことを為したまでではないか……)

夢の中で、あくまでも沈黙をまもりつつ、父と向い合っている信之は、肚の底で自分にいいきかせている。夢の中では、その声までがきこえてくるのであった。

あのときのこと、とは……。

それは、約六十年も前のことになる。

当時、織田信長の偉業を引きつぎ、戦乱の日本諸国を統括し、文字どおりの〔天下人〕となった太閤・豊臣秀吉が病歿し、天下の様相は不気味な戦雲をはらみつつあった。

徳川家康は、かつて、豊臣内閣の実力者であり、長老であり、あの朝鮮征討の折にも兵力と経済力を、ほとんど消耗しておらず、秀吉の歿後は、その威望は自他ともにみとめるところであって、

「太閤殿下の跡を引きつぐものは、自分をおいて、ほかにない」

長い長い雌伏の歳月の中で、何度も断絶した天下人への夢を実現すべく、むしろ、猛然として起ちあがった感がする。

家康は、自分へ反撥する豊臣勢力をつぎつぎに、あるいは弾圧し、または懐柔し、着々と、

「おもうところへ……」

進みつつあったが、豊臣家の五大老の一人で、奥州・会津の太守・上杉景勝が、家康の「上洛するように」との命令を拒みつづけたばかりでなく、奥州に戦備をととのえはじめたので、

「いうことをきかぬなら、天下平穏のためにならぬゆえ、討つ!!」

徳川家康は、断固として、伏見から江戸の本城へ帰り、上杉討伐の軍を起した。

諸大名の多くが、この家康の征討軍へ参加した。

真田家も、同様であった。

　真田昌幸は、

「いやいやながら……」

の、出陣である。

　家康からの、

「出陣せられたし」

の要請を、ことわる理由がない。

　それに、長男の信之は、家康の養女を妻にしている。この長男の結婚についても、昌幸は、強硬に反対したものだが、ついに、信之に説得されてしまったのである。

　そこで、上杉討伐軍は、関東の野を奥州へ向けて進撃を開始した。

　この間隙に、豊臣家の五奉行の一人、石田治部少輔(じぶしょうゆう)三成を主軸とする豊臣派の〔西軍〕が戦旗をかかげた。

〔西軍〕は、当時の政治の中核ともいうべき伏見・京都・大坂の三都を手中におさめ、奥州出陣中の徳川家康に決戦をいどんだのである。

　西軍の総帥・石田三成は、かねてから上杉景勝とはかり、家康をさそい出しておき、これを、

「はさみ討つ!!」

計画であった。

ところが家康は、これを完璧な間諜網によって、あますところなく知悉していた。

ゆえに、西軍の謀略を承知で、奥州へ出陣したのである。

家康は、自分に刃向う豊臣勢力を、

「このさい、打ち破りつくして……」

天下をつかむ決意をかためていたのであった。

西軍挙兵の知らせが、真田父子の耳へとどいたとき、真田父子は〔東軍〕の先鋒として、下野（現栃木県・佐野市）の天明というところまで進み、陣所をかまえていた。

そこへ、石田三成の密使が駆けつけて来たのである。

「故豊臣秀吉の恩顧をお忘れではないと存ずる。幼少の御遺子・秀頼様の御為に、いまこそ、ぜひにも徳川家康を討たねばなりませぬ。昌幸殿も、どうか、西軍に味方していただきたい」

と、三成は密書に、したためている。

「何故、前もって、わしに知らさぬのじゃ」

真田昌幸は怒ったが、しかし、石田三成としても、あくまで隠密裡に事を運ばねばならなかったことだろうし、

（むりもない）

と、考え直した。

そうなると、真田昌幸の熱血が沸騰した。

もともと、徳川家康への嫌悪感を、どうしようもない昌幸であった。

故秀吉の仲介で、家康と和解をした昌幸なのだが、むかしは、信州・上田の居城へ攻め寄せて来た徳川軍を迎え撃ち、散々に打ち破ったこともある。

真田家は、清和天皇の皇子・貞元親王から出ていて、数代の後、信州の真田庄（現上田市の北方）に居城をかまえ、信州の一勢力として戦乱の時代に突入をした。

いうまでもなく、小勢力である。

ということは、大勢力にふくみこまれ、その援護によって自分の領国をまもり、さらに伸張しなくてはならぬ。

真田家は、昌幸の父・幸隆のころから、甲斐の武田晴信（信玄）に臣従し、武田信玄麾下の武将として、信州の経略に奮闘した。

真田昌幸の代になって、信州の要衝・上田へ進出し、本城をかまえたわけだが、それまでの、

「血を血で洗う……」

戦闘と権謀の連続の中で、信之・幸村兄弟は成長したのであった。

以後……。

武田家が滅亡してのち、真田昌幸は、豊臣秀吉の如才がなく、しかも度量のひろい人柄とさそいに、こころをひかれ、豊臣家の麾下となったのである。

そうした昌幸だけに、西軍の挙兵を、

「おもしろい」

と、見た。

である。

「味方してくれよう」

ときに、真田昌幸は五十三歳。

長男・信之は、三十五歳。

次男・幸村は三十三歳。

昌幸によびつけられ、信之と幸村が、父の陣所へ出向くと、昌幸は、石田三成からの密書を二人の息子に見せ、

「わしは、西へ味方するつもりじゃが……」

真田家去就を決するための密議をおこなった。

この密議は一刻（二時間）ほどで終ったという。

「源三郎の血は、冷えておる」

と、昌幸がいったのは、このときのことだ。

信之は、あくまでも冷静に、父と弟へ、西軍加担の無謀を説いた。

父も弟も、兵力を比較して、

「これなら、やれる!!」

と、判断を下した。

たしかに、計数の上から見れば、

「そのとおりであったが……」

と、後年に、一当斎信之は鈴木右近へ、

「父や弟とちがい、わしは、徳川の家というものが、どのような主と家来たちによって成りたっているかを、よくよく、わきまえていたのでな」

洩らしたことがある。

天文十一年（西暦一五四二）に、三河の岡崎城で生まれた徳川家康は、父の松平広忠と共に、幼少のころから小勢力の悲哀と苦痛をなめつくしてきた。

父の広忠を、家康は八歳のときに失っている。それからは今川義元の庇護をうけて成長した家康であったが、小勢力の辛酸にもまれつくしただけに、家康をまもる家臣たちの団結は却って非常に強固なものとなった。

この団結のちからこそ、徳川一門の、

「天下にまたとない、誇るべき家風」

であること。その神髄を、真田信之は、よくよくわきまえていたらしい。

これは、徳川家の重臣・本多忠勝の女(むすめ)であり、家康の養女でもあった妻の小松によって、信之は理解納得をしたにちがいない。

また、小松は、徳川家と夫・信之の間に立ち、男もおよばぬほどの蔭のちからとなったものと見てよい。

徳川家康の東軍の団結。

石田三成の西軍の矛盾をふくみはらんだ行手への不安。

「引きくらべて見れば、わしの眼(まなこ)に、すべてのことが、はっきりと映ったのじゃ」

と、信之は述懐している。

かくて信之は、父と弟に訣別した。

情におぼれず、説得が失敗するや、淡々として父の陣所を去って行こうとする、この長男の背へ、

「お前の血は、冷えている」

と、昌幸が声を投げたのであった。

四

この結果は、どうなったか……。

東軍にまさる兵力をもって、関ケ原の決戦場へのぞんだ西軍は、多くの内応者を出し、完全に敗北してしまった。

「治部少輔（三成）は、居眠りをしておったのか……」

上田の本城へたてこもり、家康の息・秀忠がひきいる東軍の〔第二軍〕を釘づけにし、関ケ原の戦場へ参加させなかった真田昌幸が、その敗北の報をきいて唖然となったそうな。

そして……。

真田昌幸・幸村の父子は、敗軍の将となり、上田の本城を徳川軍に接収され、父子は、わずかに十六名の家来をしたがえたのみで、徳川勢三百に護送され、紀州・高野山へ押しこめられたのである。

のちに父子は、高野山のふもとの九度山へ蟄居し、徳川家のきびしい監視をうけ、昌幸は、この九度山で病歿している。

いずれにせよ、昌幸と幸村が一命をとりとめることを得たのは、真田信之が徳川家へつくしぬいた忠節があったからこそ、といってよい。

後年……。

徳川家康が、豊臣の残存勢力へ最後の止めを刺した大坂戦争では、ひそかに九度山を脱出した真田幸村が、まるで、

「鬼神のような……」

奮戦をして、ついに、息・大助と共に討死してしまった。

このときも、信之は、弟・幸村に西軍参加をおもいとどまらせようと、何度もさそいをかけたし、休戦中には、徳川家康のはからいで、ひそかに京都へ幸村をまねき、直接に、

「もう、やめぬか……」

説得をしたが、幸村はきかなかった。

幸村は、戦将として稀代の人物である。

戦場へ出たときの彼の智略と武力が、どのようにすばらしく、凄じいものであるか

は、だれよりも、

「わしが知っている……」

一当斎信之であったのだ。

「はじめ、弟は、大御所（家康）の首を、わが手に討ちとろうとおもうていたのであろうよ。また、やりかねぬ男であった……」

だが、大坂城にたてこもる豊臣軍は、このときも関ケ原の折と同様に、いわば、

「寄せあつめ」

であって、大決戦を前にしての根本的な欠陥を次第に曝露し、幸村の卓抜した能力を生かし切れなかった。

大坂戦争終結と共に、こうして、日本の天下は名実ともに、徳川家のものとなった。

それより四十余年。

一当斎信之は、わが手によって温存しつづけた真田家の血を絶やすことなく、

（ようやくに、此処まで、たどりついた……）

のであった。

そこへ、今度の騒動である。

吉田又左衛門と市兵衛父子の二代にわたり、万一のときの用意に、幕府側へ二重の

隠密として潜入させておいた布石が、それこそ、乾坤一擲の勝利をつかんでくれた。
その布石が生きなかったとき、一当斎信之は、幕府と酒井忠清の圧迫に屈すること
なく、本家の家臣たちと共に、腹を掻き切って死ぬ決意をかためていたのだ。
「父上。これでも、私の血は冷えておりましたかな……いや、父上や弟の血が、あま
りにも熱しすぎていたのでござる」
夢の中で信之は、いつも父の嘲笑に、そうこたえていた。
「見よ。あれほどに徳川の権勢を重んじ、わしにそむいたあげく、おのれはいまにな
って、徳川のものどもに押し潰されかかっておるではないか」
夢の中で、そういった父の声は、もはや消えていたが、
「冷えている。源三郎の血は冷えておるのじゃ」
の声は、この夜の夢にも消えなかった。
関ケ原の折に、信之が自分にそむいたことを、昌幸はよほど口惜しくおもっていた
にちがいない。
むしろ、なつかしげに、父の声を夢の中に追っている信之の耳へ、
「大殿。大殿よ……」
鈴木右近忠重の声がながれこんできて、

「ああ……」

一当斎信之は、目ざめた。

「忠重か……」

「恐れながら、御寝所へ勝手に通りまいてござる」

「む……」

「御目が腐ってしまいまするぞ」

「う、う……」

「いま、何刻とおぼしめす？」

「朝になったか……」

「もはや未ノ刻（午後二時）にござる」

「や……まことか？」

「伊木彦六めも、あきれ果てておりまするぞ」

「ずいぶんと寝た。疲れが出たのであろう。わしもな、右近。こたびの騒ぎでは、細うなった寿命を、尚も、ちぢめてしもうたわい」

こういわれては、鈴木右近も返すことばがなかった。

灰色に燻んだ信之の老顔は、疲労の翳りにおおわれ、もはや、それは消えることがないように感じられた。

「右近……」

「はい?」

「わしは、もはや、来年の正月を迎えることはあるまい」

右近は、うなだれた。

「ところで、右近」

「は……?」

「吉田市兵衛のことじゃが……もはや、よかろう。いつまでも漆を塗らせておいてはならぬ。これで、わしが間もなく死んでしまい、また、おぬしも余命いくばくもないとすれば……もはや、市兵衛をつかいこなす者とて、真田家にはおるまい。そうではないか、うむ……?」

「さ、さよう」

「市兵衛を、今夜、呼べ。わしに、いささか、おもうことがある」

「心得まいた」

「それにしても、右近。市兵衛は、あの夜、よくも仕てのけてくれたものよのう」

また夜具に埋もれ、仰向けに寝ている信之の老眼が、たしかにうるみかかっているのを、右近は見た。

寝間に、今日も雨音がこもっている。

五

夜に入っても、雨は熄まなかった。

霧のように、けむっている。

この梅雨が明けると、川中島平に日眩(めくるめ)くような夏がやって来る。

柴村の隠居所の、一当斎信之の居間では、囲炉裏に火が燃えていた。

信之と、鈴木右近と、塗師・市兵衛……いや、いまは真田の家来にもどった吉田市兵衛元宣(もとのぶ)が、そこにいた。

「平五郎は、もはや、江戸へ到着いたしたろうな……」

と、信之がしわだらけの手を火にあぶりながら、つぶやくようにいった。

「はい」

と、市兵衛がこたえた。

堀平五郎は、矢島九太夫が老中・酒井忠清へあてた密書を持ち、江戸の酒井屋敷へ急行した。

この密書は、市兵衛から受け取ったものである。

ところが……。

市兵衛は、矢島九太夫から、

「これを平五郎へ……」

と、わたされた密書を懐中へ仕まいこみ、そのかわりに、別の手紙を平五郎へわたしておいた。

二重三重に油紙へ包みこまれた、その手紙の内容は、一当斎・真田信之が酒井忠清へあてたものであった。

むろん、堀平五郎は、これを知らぬ。

市兵衛が摩り替えたとも知らず、平五郎は、あくまでも矢島九太夫の密書と信じ切っていたのだ。

あの折、市兵衛と共にいた四人の隠密は、小河原へさそいこまれ、真田の藩士たちによって斬殺されてしまった。もちろん、小河原に右衛門佐の生母など、住んでいるはずがなかったのである。

「おもえば、あわれなやつじゃの」

と、信之が、

「こたびの騒動が起らず、矢島九太夫なぞが、こちらへやって来なければ、平五郎も真田の家来として一生を終えたやも知れぬにのう」

「さよう。それにしても、酒井雅楽頭は、さだめし、おどろいたことでございましょうな」

鈴木右近が、そのときの酒井の顔を見たい、と、いった。

真田信之が、忠清へあてた手紙は、

「一筆啓上候。御無事に御座候や承度存じ奉り候……」

から始まる。

大意は、次のごとくであった。

「……親子二代の隠密・堀平五郎を御手許へお返しいたす。平五郎をはじめとして御手配の密偵、松代城下に蠢動することしきりなるため、まことにもって煩わしく、このさい、密偵のいずれにも城下を退去してもらいたく考え、先ずは平五郎をお返しいたしました。

右衛門佐出生につき、平五郎を、わざと煩わしたのもそのためでござる。右衛門佐は、まさしく、亡き内記信政の遺子に相違ござらぬ。

また、矢島九太夫から貴所へあてた密書は、たしかに自分が預っております。この密書を、それがしがどのようにあつかうか、それは貴所の出様如何によって決めたいと存ずる」

これを見たときの酒井忠清の驚愕と激怒が、どのようなものであったか……およそ察知することができる。

しかも、この手紙を、わが手の隠密が何も知らずにとどけて来たのだ。

幕府最高の権力者として、その諜報網を一手に握っている酒井忠清にとり、これほどの恥辱はなかったろう。

さらに、矢島九太夫が自分にあてた真の密書は、一当斎信之の手へわたってしまった。

これによって、酒井老中と沼田分家との陰謀の証拠が完全に、

「真田の隠居の手に、つかみ取られてしまった……」

ことになる。

「平五郎は、その場で腹を切らされたか……または、殺害されたにちがいございませぬ」

と、吉田市兵衛がいった。

酒井忠清の驚愕もさることながら、すべてを知らされたときの堀平五郎は、どのようなおもいがしたろう。

「このことは、平五郎の妻や子に洩らしてはならぬぞよ。平五郎のことを知るものは、いま、此処にいる三人のみじゃ。わしはな、平五郎の妻に、平五郎はわしのために死んでもろうた、とのみ告げておいた」

平五郎の妻・久仁と、子の寅之助は、いま、この隠居所に一室をあたえられ、住み暮している。

信之は、久仁と寅之助を、そのうちに、親類の内藤帯刀へたのみ、内藤家の領国・陸奥の岩城平へ送って、寅之助の将来を托すつもりでいる。

おそらく、一も二もなく、内藤帯刀は引き受けてくれよう。

そして、吉田市兵衛も、当分の間は岩城平内藤家へ預けるつもりであった。

すべてが塗師・市兵衛の活躍によって逆転したことは、間もなく、酒井忠清にもわかることだ。

市兵衛は、父の代から酒井の隠密に成り終せてきた。それだけに彼が、まことは真田信之の手の者と知れたとき、酒井は、これを放り捨てておくまい。

たとえ、松代城下にいたところで、吉田市兵衛の身が危険に曝されることは当然であった。

炉端であたためた酒を、吉田市兵衛が信之の盃へみたした。

信之は、盃をとりあげ、ゆっくりと飲み終えてから、

「酒井も、わしに、ここまで尻尾をつかまれては悪あがきもなるまい。おそらく、右衛門佐家督のことは、ゆるされるであろうよ」

といった。

しかし、自分が亡きのち、酒井忠清の恨みと怒りが、どのようなかたちをとってあらわれるか、

「それを、真田の家のものは、覚悟しておくことじゃ。おそらくは、わしの遺金も、十万石の身代も、幕府(こうぎ)によって、つぎからつぎへと搾りとられてゆくことであろう。課役(かえき)の名目によって、な……」

鈴木右近も、吉田市兵衛も沈黙していた。

「そこまでは、もはや……」

苦笑と共に、信之が、

「われらに面倒が見きれぬことよ」

「御苦労を、おかけいたしまいた」

しみじみと、右近がいった。

「なんの……いまとなっては、おもしろかったわえ」

事もなげに、一当斎信之が、

「大名のつとめと申すは、領民と家来の幸せを願うこと、これ一つよりほかにはないのじゃ。そのために、おのれが進んで背負う苦労に堪え得られぬものは、大名ではないのじゃ。人の上に立つことをあきらめねばならぬ。わしが、孫の伊賀守を、あくまでも拒みぬいたのも、それがためであった。人は、わしを名君とよぶ……が、名君で当り前なのじゃ。いささかも偉くない。大名たるものは、いずれも名君でなくてはならず、そのことは、別に賞められるようなことでも何でもないのじゃ。百姓が鍬を握り、商人が算盤をはじくことと同じことよ」

そういって、信之が、

「このことは、本家の家来どもへ、何度も申しきかせてあった。なればこそ、このたびの騒ぎに、一同、こころを合せて事に当ってくれたのであろう」

さも、心地よさそうに、信之が炉端へ寝そべり、

「疲れた。えらく疲れたわい。おぬしたちも、今夜は此処で、わしと共に眠れ。そういたせ、よいな」

「恐れいりたてまつる」

信之がおもったとおり、やがて、幕府は、右衛門佐の本家相続をゆるした。

騒動は、こうしておさまったわけだが……。

夏がすぎて、秋が深まるころ、さすがの一当斎信之も、

「おもいもかけなんだ……」

異変が起ったのである。

七　風　雪

一

この年の夏が過ぎるころから、一当斎・真田信之の老体は急激に衰えはじめた。

あの騒動がしずまったとき、信之は、鈴木右近忠重に、

「来年の正月を迎えることなく、わしは死ぬであろう」

そう洩らしたのは冗談ではなかった。

外面はともかく、内面では、あの騒動に直面した信之の苦闘と心労は、非常なものであったといえよう。その深い心労は、九十三歳の老軀を衰残の極にまでおとしこみ、致命的な打撃をあたえた。

それでいて、真田信之の聴覚や視覚は、さして、おとろえてはいないのである。

夏の熱気の中で内臓の機能が頽唐し、それ以来、食もすすまなくなり、秋風が川中島平を吹きながれはじめるころ、信之は、

「もはや、何も彼も、めんどうな……」

と、寝所へ横たわったきりになってしまったのである。

少量の、うすい粥と、侍女の波留がつくる野菜をとろとろに煮くずした汁だけで、信之は生きていた。

ただ、薬湯だけは、侍医・堀本良仙のすすめるまま、素直にのんでいる。

むろん、薬湯をのんだところで、我身が万に一つも恢復するものではないことは、よく承知している。

だが、薬湯は、信之の心想のはたらきを、さわやかに保持してくれるようだ。

九十三年の生涯のうちで、いまほど、一当斎信之が長い閑暇を得たことはない。

いまの信之は、真田本家の現在についても将来についても、まったく気にとめなくなってきている。

(死ぬる間ぎわまで、わしは、家のため、領国のためにはたらきつづけてきたのじゃもの。もはや、おもいわずらうこともない。これより、死ぬるまでの日々を、わしはたいせつにせねばならぬ)

信濃の秋にも別れを告げ、日毎に近寄って来る冬の気配に耳をかたむけ、

（わしは、一椀の粥、一椀の茶にも、よくよくの別れをしたいものじゃ……）

信之は、そう願っている。

陽の光や風、雨の声……草のそよぎなど、すべての生活の事象が、これほどまでに自分の心界を領してきたことを、信之は意外におもった。

死を目前にひかえてみると、すべてが、かぎりなく美しく見えてきた。

安楽に身を横たえ、こうした明け暮れに沈潜し、信之は来るべきものを待っていた。自分の病状に一喜一憂する人びとのすべてを捨て去り、いま、一当斎信之は、

「夢とも現（うつつ）ともつかぬ……」

毎日を送っているのであった。

異変は、こうした或夜に起ったのである。

その夜……ふと、目ざめたとき、真田信之は、寝所のとなりの書斎に人の気配がしたのを感じた。

（彦六か、波留か……？）

と、おもったが、すぐにまた、ねむりへ引きこまれた。

翌々日の夜ふけに、信之は、また目ざめ、書斎にうごめくものの微かな呼吸を耳に

とらえた。

(妙な……?)

さすがに、そうおもわざるを得ない。

ちかごろの信之には昼も夜もない。ねむるかとおもうと覚める。感覚は、以前にくらべて、むしろ鋭敏になってきていた。

夜ふけに、だれもいない主人の書斎を、何者かが這いまわっている。これは、只事でなかった。

(わしの、寝首でも掻きに来たのか……?)

それにしては、いつまでも寝所へ近づいて来ない。

書斎の内を這いまわっては、また、気配が絶える。

かと思うと、また、潜んでいる者が、うごめきはじめる。

かなりの時間を、信之は目ざめていたが、そのうち面倒になり、ねむってしまった。

次の夜。

信之は、

(今夜。また、来るかの……?)

こころ待ちにしていたが、曲者(くせもの)は忍び入って来なかった。

次の夜ふけ……。

三度目の曲者の気配に、信之は気づいた。

(ふうむ……何やら、さがしものをしているらしい)

と、おもい至ったとき、

(なるほど。そうであったか……)

はじめて、曲者が何をさがしまわっているかが、わかったような気がした。

(なれど、何者が此処へ……?)

それが、まだ、わからぬ。

ふと、一当斎信之に〔いたずらごころ〕がわいてきた。

「これよ……」

と、信之は、となりの書斎へ、しわがれた声を投げたものである。

曲者の、うごきまわっている気配が、はたと熄んだ。

「これよ。さがしものは、見つかったかの?」

曲者は、呼吸をつめてだまっている。

(この隠居所におる者か……まさか、そうではあるまい。もっとも、この隠居所へ、外から忍び込むことなど、心得のある者なれば、わけもないことじゃが……)

またしても信之は、物憂くなってきて、

「わしもねむる。お前も帰ってねむるがよい」

襖ごしに、いってやった。

曲者の、微かな喘ぎがきこえはじめた。

沈黙の苦しさに堪えかねてきたのであろう。

そして、曲者の気配が、すこしずつ書斎から廊下へ移って行くのを感じながら、信之は苦笑をもらし、寝返りをうった。

外の樹林が、風に鳴っている。

(わずかに枝へ残った木々の葉も、この風で、吹きはらわれてしまうであろう……)

また信之は、ねむりの中へ落ちこんで行った。

二

柴村の隠居所の、鳥打峠の山腹へかかる高処(たかみ)に、一当斎信之が起居する一棟がある。

寝所・居間・書斎など、六つの部屋が廊下にかこまれていた。

この一棟の南側に、寝所を中にはさみ、伊木彦六と波留が宿直(とのい)をする次の間と、信之の居間があった。

書斎は、寝所の北側になっている。

寝所の北面の壁に設けられた火燈口構えの一本引きの襖によって、寝所と書斎は区切られていた。

書斎には、もう一つ、北側の廊下へ出られる戸口があった。

書物と、昔からの、おびただしい諸方からの書翰や書類。信之愛好の茶道具や文房具なども、書斎に整然と置かれてある。

翌朝、目ざめたとき、信之の前へあらわれたのは、伊木彦六尚正であった。

信之が、いぶかしげに彦六を見やった。

たしか、昨夜の宿直は、

(波留であった……)

からだ。

両人が交替するのは、昼ごろに定められている。

信之は、

(前に、このようなことがあった……)

ことを、おもい起した。

それは今年の、春もまだ浅い雪の朝で、信之が、はじめて彦六と波留の忍び逢いに気づいたときである。

あのとき、伊木彦六は、信之の凝視を受けとめきれず、赤面の体で、うなだれてしまったものだ。

だが、今朝の彦六は、信之の不審の目差に対し、いささかもたじろがぬ。

むしろ、平常よりもきびきびとした動作で、信之の朝の世話に取りかかった。

いつもの彦六の立居振舞は、彼の性格をあらわして、どちらかといえば鈍重なのだが、今朝は、何かひたむきな感じでうごきまわっているようにも見られる。

(波留と、仲違いでもしたのか……?)

そうおもって苦笑しかけた瞬間に、

(あ……?)

信之は、このときはじめて、ある一事に気づいた。

書斎へ曲者が潜入した夜は、三度とも、

(波留が宿直の夜であった……)

ことに、気づいたのである。

(あの曲者、波留であったのか……いや、そのようなことはあるまい)

あの曲者は、かなり、心得のある者だと、信之は感じていたし、十八歳の波留が仕てのけられるはずもない。

そもそも、波留が何故、信之の書斎へ忍び込み、探りまわらねばならぬのか……。

(まさかに……?)

信之は、臥所へ横たわり、伊木彦六が、朝の粥と梅干しを運んで来るのを待ちつつ、両眼を閉じた。

思念をめぐらすのが、まことに物憂い。

「波留は、もう帰ったのか?」

と、この前のときのように、彦六を弄うてやろうと、はじめは考えていたのだが、それすらも、

(めんどうな……)

信之になってしまっている。

当年二歳の孫・右衛門佐の、真田本家相続を、幕府はみとめた。

右衛門佐は、いま、江戸藩邸にいるが、成長の後、官位をさずけられ、松代へ入城して来るわけだ。

もちろん、一当斎信之が、その姿を見ることはできぬ。

それまでは、家老や重臣たちが、手落ちなく領国を治め、右衛門佐を補佐して行かねばならぬ。

(それほどのことは、家来どもも、仕てのけられよう)

と、信之は安心をしていた。

その後のことまで考えるのは、死ぬる日を目前にひかえた信之にとり、まったくの徒労にすぎない。

伊木彦六が、朝餉(あさげ)の仕度をととのえ、あらわれた。

無言で一礼し、信之の肩を抱くようにして、臥所の上へ半身を起させる。

そして、給仕にかかった。

ふだんも無口な彦六であるが、今朝はまた格別に口をきかぬ。

彦六の、ふっくりとした顔が青ざめて、額の中ほどにある小豆粒ほどの黒子(ほくろ)が、時折、ひくひくとうごいた。

彦六は、かなりの緊張を、努力して押し隠そうとしているように見えた。

(まさに、彦六と波留との間に、何やら、事が起ったらしい)

と、信之はおもった。

おもったが、問いかけなかった。

物憂いからである。

半年ほど前までは、老の暮しを彩る点景として、なぐさめにもなった事柄に、

(わしは、もはや、……)

何の興趣も、わいてはこなくなってしまった。

粥を食べる前に薬湯をのみ、食べた後の半刻後に、また、別の薬湯をのむ。後者の薬湯は甘い香がして、のむのがたのしみであった。

これをのみ終えると、またしても信之は、ねむくなってきた。

いくら、ねむっても、ねむり足りないような気がする。

(これは、安楽に死ねそうな……)

と、信之は期待を抱いてさえいる。

あれほど、波瀾に富んだ九十余年を生きて来た一当斎信之だが、ただ一つ、自分の死への経験だけはない。ないのが当然だが、それだけに、

(おもしろい。どのようにして、わしは死ぬるのか……)

別に急いでいるわけでもないが、待ちかねるおもいが、

(せぬでもない……)

のである。

百に近い年齢に達し、いまは、おもい残すことの、何一つとてない身であれば、こうした心境になるのやも知れぬ。

毎日、朝のうちに、侍医の堀本良仙が、

「御脈拝見」

に、伺候する。

そのあとは、ねむりこけて、

(夢を見ておればよいのじゃ)

であった。

この日も、いつものように過ぎた。

夜ふけに目ざめた一当斎信之は、書斎の気配をうかがったが、何事もなかった。

信之は、それからまた、深いねむりをむさぼった。

その翌朝であった。

「大殿。お目ざめ下されますよう。大殿……大殿……」

次の間から、侍臣・玉川左門の呼びかける切迫した声に、信之は目ざめた。

「う……左門か……」

「はっ。御側へ、まいりましても……?」

「近う」

玉川左門が膝行して来て、

「大殿……」

「なんとした？」

「横目付、守屋甚太夫が殺害されましてござります」

「何と……」

守屋甚太夫は、侍女・波留の父親である。

信之は、臥所へ横たわったまま、

「何者が、甚太夫を？」

「は……」

「いかがいたした。申せぬことか？」

「いえ……実は……」

「ふむ？」

「伊木彦六めが、甚太夫を斬って捨てまいたので……」

「何じゃと……」

これには、さすがの信之も瞠目せざるを得ない。

「まことか？」

「はい。今朝早く、彦六が奉行所へ自首いたしまいた」

「ふうむ……」

守屋甚太夫は〔沼田衆〕の一人であったが、あの騒動の折も、本家分家の区別なく、藩士を監察する役目を忠実につとめ、その態度には、一点の不正も見えなかった、と、きいている。

むしろ、分家から本家へ移って来た〔沼田衆〕へ対して、かなり、きびしい監察をおこなってきたということだ。

その守屋甚太夫が、昨夜半、人の気配に目ざめると、伊木彦六が大刀をぬきはらい、枕頭に立ちはだかっていたらしい。

甚太夫は驚愕したろう。

あわてて、身を起しかけたろう。

そこを、伊木彦六が斬った。

甚太夫の首は、一太刀で打ち落されたらしい。

「ふうむ……」

わからぬ。

彦六と波留との関係が甚太夫に知れ、甚太夫が二人の間へ割って入り、引き裂こうとしたのを彦六が恨みにおもったのか……。

三

それから四日の間、伊木彦六と波留のかわりに、玉川左門以下三名の侍臣が信之の側近くつかえるようになった。

五日目の朝になって……。

伊木彦六は、

「死罪、切腹」

と、きまった。

彦六は、あくまでも、守屋甚太夫を殺害したのは、

「無分別の喧嘩沙汰でござる」

と、いい張り、それ以外には何もいおうとはせぬ。

「御家中(ごかちゅう)の侍を殺害した罪を、のがれようとはおもいませぬ」

と、いうのだ。

彦六の取調べについては、一当斎信之の意向もあり、特別に、家老の金井弥平兵衛があたった。

弥平兵衛は、沼田派を代表する家老である。

あの騒動の折には、大殿の信之を奉じて、本家派も沼田分家派も一丸となり、死を覚悟しての結束をしめしたが、騒動がおさまり、めでたく右衛門佐の家督相続が決定した現在、またも両派の反目が再燃しかけようとしている。

その空気を感じ、信之は、

「依怙贔屓(えこひいき)のないように……」

と、わざわざ、沼田派の金井家老をもって、伊木彦六の取調べをさせたのであろう。

金井弥平兵衛が取調べをすすめているうちにも、

「伊木彦六めは、まことに不逞なやつだ!!」

「いっさいを白状せぬところを見ると……?」

「これは、まさに……守屋甚太夫殿を殺害したのは、われら沼田のものへの面当と見てよい」

などと、沼田派の藩士たちが、やかましく、いいたてはじめる。

取調べをうけている間、彦六は端座して両眼を閉じ、

「憎らしいまでに……」

強情な沈黙をまもっていた。

本家派としては、やはり、伊木彦六をかばうかたちになる。彦六が、大殿愛寵の家来だということも、影響していないとはいえぬ。

ゆえに……。

守屋甚太夫殺害事件によって、本家・分家両派の対立が、またしても昂まってきたことになる。

城中でも、双方の口論や反目が次第に露骨なものとなってきたようだ。

そうなると、なんといっても分家派は数がすくない。亡き真田信政が本家の主となって沼田から移って来たとき、引きつれて来た家臣たちは、本家のそれの三分の一にも足りぬほどだ。

「本家のものは、これほどまでに、われらを継子（ままこ）あつかいにするのか……」

これが、何事につけ、沼田分家派から出る声であった。

しかし、本家派にしても、以前から寡黙で、人づき合いも下手なくせに、大殿に可愛がられている伊木彦六に対し、

「どうしても、助けてやらねば……」

という熱情があったわけではない。

隠居所においても、あまり友人もなく、

「彦六は変屈者よ」

で通っていて、いつも、ぽつねんとしていた彦六なのである。

本家と分家の対立といっても、当の彦六のことよりも、かねてからの両派の対立自体が問題なのである。

(彦六も、波留という女を得てから、とみに、顔つきが明るうなってきておったのに……なれど彦六が、どこまでも、おのれの罪をみとめておるからには……)

どうしようもないのである。

金井弥平兵衛は、本家・分家の対立にこだわらず、冷静に取調べをつづけてきたが、これ以上は、どうしようもなく、伊木彦六に切腹を命じたのであった。

もちろん、金井家老は、玉川左門を通じ、

「大殿の御内意を……」

と、うかがいをたてた。

「いたしかたあるまい」

一当斎信之も、これに許可をあたえざるを得ない。

ときに、明暦四年が改元のことあって万治元年とあらたまった十月十五日（現代の十一月十日にあたる）である。

「彦六は、いまも尚、黙りこくっておるのか？」

まだ、あきらめきれぬ様子で、玉川左門に信之がいうと、

「はい。くわしいことは、何としても口を割らず、ひたすらに切腹を願うておりますそうでござります」

「ふうむ……」

ためいきをつき、信之は臥所の上に腹這いとなり、禿げあがった頭が隠れるまでに夜具をかぶったまま、

「おそらく、わしが問い訊しても、彦六めは口を割るまい。いわぬときめたらいわぬやつじゃ。なれど何故、彦六めは、あのようなことを……？」

声が、悲しげにくもった。

「波留は、いかがいたしておるな？」

「引きこもったままでござります」

「むりもないことじゃが……」

恋人の伊木彦六に、父親を殺されたのである。

波留は、この事件を、どのように受けとめているのであろうか……。

金井家老は、波留の口からも事情をきいたが、

「何事も、わたくしの存じませぬことにて……」

困惑の体で、それだけをこたえるのが、精一杯のようであったそうな。

四

この日。夕暮れから雨になった。

もはや冬をおもわせるように冷たい雨であった。

伊木彦六の切腹は、明十六日の巳ノ上刻（午前十時）と決定した。

彦六は、いま、殿町にある亡父・伊木三郎右衛門の屋敷へ移され、監禁をされている。

明日の切腹も、彦六が育った、この屋敷内でおこなわれることになっていた。

信之は、夕餉の箸もとらず、

「少々、めしあがられましては……」

玉川左門がすすめる酒盃にも、かぶりを振るのみである。

（明日は、彦六が死ぬる、か……）

雨の中を、鈴木右近忠重が、隠居所へ伺候したのは、このときであった。

「なんの用じゃ……」

と、いったが、右近が来たとあれば、会わぬわけにもゆかぬ。

「通せ。おそらく、わしをなぐさめにまいったのであろう」

やがて、玉川左門に案内をされ、鈴木右近が、寝所の次の間へ入って来た。

右近は、左門へ、

「ちょと、内密のはなしがあるゆえ……」

と、ささやいた。

「はい。では……」

「すぐには終らぬ。長くかかるが、心配せずともよい」

左門が、不安の表情をうかべた。

「御老体……」

「ま、よい。わしにまかせておいてもらいたい」

「いったい、何事で？」

「これはな、大殿とわしの二人だけのことじゃ」

不審げに、玉川左門がうなずき、廊下へ出て行くのを見送ってから、鈴木右近は寝所との境の板戸まで来て、

「大殿。右近めにござる」

「入ったがよい」

「ごめん下され」

寝所へ入って来た鈴木右近は、信之より八歳下の八十五歳になっているが、今年の夏も矍鑠とすごして、いまも非常に元気だ。

信之を見つめた右近の、ふとい鼻がひくひくとうごいている。緊張しているときの、この老臣の癖なのであった。

「彦六が、切腹と決まりましたそうで……」

重おもしい声で、右近がいった。

臥所の中から、一当斎信之が苛だたしげに、

「そのようなことを、わざわざ申したくてまいったのか……」

不興げに、あたまから夜具をかぶってしまった。

鈴木右近が無言で近寄り、いきなり、信之の夜具を引きめくったのは、このときである。

「何をする」
いかに親密な主従の間柄といえども、右近が信之に対し、このような所業をしたのは、かつてないことだ。

「大殿。まず、おきき下され」

「な、何をじゃ？」

「右近。伊木彦六の命乞いにまいってござる」

「ばかな……この、わしにも、もはや、どうにもならぬことを……」

「自首をいたした上に、殺害の理由も事情ものべず、ひたすらに死罪をのぞむほどなれば、何故……何故、彦六は、守屋甚太夫を斬ってのち、すぐさま、わが腹を搔っ切り、相果てなんだのでござろう？」

「む……そのことよ」

「そのことでござる」

「彦六は鈍なやつじゃが、性根は、すわっておるはずじゃ」

「そこでござる」

「彦六にしては、妙なふるまいをしたものと、わしも、おもうておるのじゃが……」

「いかさま……」

「わしはな、右近。彦六め、甚太夫を殺害したる事情は明かしたくないが、なれど、おのれが他愛もない喧嘩沙汰で死んだのではないことを、わしにだけは知ってもらいたかった……なればこそ、自首をして出たのではあるまいか、と……そのようにも、何やらおもえてならぬ」

「ははあ……」

「おぬしには、何ぞ腑に落ちたことでもあると申すのか?」

「いや……それがしにも、わかりかねまする」

「おぬしにも不明、わしにも不明。しかも、彦六が、おのれの罪をみとめ、死ぬるをのぞんでいると申すのでは……もはや、どうなるものでもあるまい」

「そこを押して、ぜひとも助命を……」

と、鈴木右近が、信之へ喰いつきそうに凄まじい顔つきになって、

「押して、彦六めのいのちを、お助け下され」

叫ぶがごとく、いいはなった。

むかし、むかし……。

信之は、このような鈴木右近の顔を、一度だけ見たことがあった。それは、関ケ原戦争の折に、父・真田昌幸と、弟・幸村が亡き豊臣秀吉の恩顧を捨て切れず西軍へ参

加したとき、一当斎信之は敢然と徳川家康の傘下へ入り、東軍に与した。

このとき、鈴木右近は十二名の家来を引きつれ、主人の信之にそむいて脱走したことがある。

右近は信之が、本家の父・昌幸にそむいたことを怒り、信之にいわせると、

「羅刹鬼のごとき面がまえで……」

信之へ詰め寄り、諫言をこころみたが容れられず、ついに、信州・上田の本家の居城へ駆けつけたのであった。

ところが、昌幸は、

「おのれは、信之が家来ではないか。主人にそむいて勝手に気ままなふるまいをするおのれなど、味方にほしいとはおもわぬ」

といい、右近を追い帰してしまった。

だからといって、のめのめ、いまさら沼田城の信之のもとへ帰るわけにはまいらぬ。

そこで、ついに鈴木右近は、十人の家来を引きつれたまま、牢人となった。

それから十一年目の慶長十六年に、九度山の配所で真田昌幸が病死したのがきっかけとなり、鈴木右近は、ふたたび、沼田城の信之のもとへ帰参したのであった。

これは、昌幸の遺言が信之のところへとどけられたからでもあり、信之もまた、右

近を引きもどす機会を待っていたのである。

沼田へもどり、十一年ぶりに城へ出仕したとき、信之夫人の小松に、

「右近殿の屋敷の銀杏の樹も、大きゅう育ちましたぞ」

と、いわれたときには、さすがの右近も赤面し、平伏するのみであったという。

このとき、右近は三十八歳であった。

五

はじめ、一当斎信之は、何故、右近が彦六の命乞いをするのか、よくわからなかった。

単に、彦六が信之の寵臣だから、という理由だけで、鈴木右近ともあろう者が、このように唐突な嘆願をするはずがないのだ。

「右近。おぬし、七十年も、わしと共に生きてきて、わしのこころがわからぬのか」

「彦六を、あわれに思しめされませぬか？」

「それは、あわれとおもう。彦六は、まだ、二十……」

「二十四歳の若者にござる」

「なればと申して、大義は曲げられぬ。彦六は、われから罪をみとめておるのじゃ」

「なれど……」

「いうな。わしは、すでに、切腹のゆるしを金井弥平兵衛にあたえたのじゃ」

「そこを、まげて……」

「くどいやつじゃな。おぬし、老いぼれて、目も鼻もきかなくなったのか」

「大殿!!」

鈴木右近が、ぐいと、白髪頭を信之の眼前へさし寄せて来た。

右近の団栗(どんぐり)の実のような両眼がきらきらと光っている。

「なんとした?」

「大殿。伊木彦六は、大殿の、お子でござるぞ」

「何……」

一当斎信之が、これほどに慌てたこともなかったろう。

しわに刻まれた信之の面上へ、緊張と昂奮が青黝(あおぐろ)く浮いた。

「いまさら、おこころをさわがせ、申しわけもござらぬ。なれど、これは、まことのことでござる。おわかりになりませぬか?」

「おぼえ、ない……」

「おぼえなきお子が、まだ一人や二人はござりますぞ」

「この、真田の家にか？」

「御家には、彦六のみでござる」

「ふうむ……」

なっとくがゆかぬことでもない。

信之の正妻・小松は、三十八年前に病歿をしている。当時、五十五歳であった信之は再婚をせず、そのかわりに、何人もの侍女に手をつけたし、その中には子を生んだ女もいたし、生まなかった女もいる。

生まれた子の行先を信之が知っているものもあり、知らぬものもあった。大名の家の妾腹の子の運命は、およそ、こうしたものであったのだ。

真田家では、信之の意を暗黙のうちに了解する、たとえば鈴木右近のような重臣がいて閨怨（けいえん）の政治へ介入することをふせぎ、これを巧妙にさばき、しかも側妾や庶子の将来に、でき得るかぎりの幸福をもたらすべく、種々の処置をおこなってきている。

このことについては、もちろん、絶対の秘密がたもちつづけられていた。

信之が気づかぬうち、城中から消えた側妾も、たしかにいた。

伊木三郎右衛門の妻が、彦六を生んだという嘘を真実のものとしてしまうことなど、右近にとっては、まことにたやすいことであったろう。

「彦六の出生は、寛永十二年ときいた。すれば、彦六を生んだ女は……雪か?……また は波津であったか……?」

「それを、いまさらに、たしかめてどうなりまする。私も、むかしのことは、忘れまいた」

「むう……わしの子を、あれまでに育ててくれた亡き伊木三郎右衛門夫婦に……こうと知っていたら、礼をいわねばならなんだものを。三郎右衛門が死ぬる前に、な……」

信之の口辺に、うつろな、さびしげな笑いがただよった。

「あの、床の間の置物のごとき彦六を、はじめて見たときから、わしは愛着をおぼえた。なぜに、あのようなやつに、と、おもうていたが……そのわけが、いま、わかった」

「恐れ入ってござる」

「あやつめ、わしに、いささかも似ておらぬ」

「母親似やも知れませぬな」

「ふうむ……」

「彦六の顔から、母親の顔が、おもい浮かびませぬか？」

「浮かばぬ。わしも老い果てたものよ。ときに右近。このことを彦六は知っておるまいな？」

「はい」

信之は、嘆息を吐きつづけるばかりである。

「右近。おぬしも、ひどい男じゃ」

「雨が、強うなってまいりましたな」

「もうよいわ……」

「で、彦六助命の儀は？」

「わしが定めた法を、わしが曲げるわけにはゆかぬ」

六

一当斎信之は、ほとんど一睡もせずに朝を迎えた。

この朝、またしても人が死んだ。

侍女の波留が、自殺をとげたのである。

波留は、亡父・守屋甚太夫の刀の下緒(さげお)で膝をくくり、わが手の懐剣をもって一突きに急所を抉って即死した。

死ぬ前に波留は、近くに住む信之の侍医・堀本良仙を訪問し、

「これを、大殿さまへ、おわたし下されませ」

と、一通の書状をわたし、

「明後日より、柴村の御屋敷へ出仕いたしますゆえ……」

こういったそうな。

そして、隠居所へ毎朝の診察におもむいた良仙が、波留の手紙をわたしたとき、波留の自決が信之に報ぜられたのだ。

「……ひたすらに、大殿さまの御憐憫にすがりたてまつり、書き遺しおくことの……」

と、波留の遺書は書きはじめられている。

この遺書を読み終えたとき、一当斎信之の面上には、堪えがたい悲嘆の色が滲んだ。

「ばかなやつめ……」

と、一言。信之は、昨夜から隠居所にいた鈴木右近へ、波留の遺書をわたしてよこした。

なんと……。

三度にわたって、夜ふけの信之の書斎へ潜入した曲者は、波留であった。

そして、波留の父・守屋甚太夫は、沼田分家の秘命をうけた隠密だったのである。

沼田派の家来を、うたがえば切がないとはいえ、甚太夫が分家を通じ、老中・酒井忠清の指令をうけて暗躍していたとは、信之をはじめ、真田家の人びとも、まったく、おもいみなかったことだ。あの騒動の最中にも、おそらく甚太夫は、さまざまの情報を得て、これを、ひそかに、御使者屋敷の矢島九太夫へながしていたにちがいない。

酒井忠清から出た指令は、沼田分家の真田伊賀守信利を通じ、守屋甚太夫へあたえられた。甚太夫は、信之の側近くつかえているむすめの波留をつかって、この任務を遂行しようとしたのである。

その任務とは何か……。

あの騒動が終局を迎えたとき、矢島九太夫から酒井老中へあてた密書は、塗師・市兵衛こと吉田市兵衛によって、信之のふところへおさめられた。

これは、なんとしても、酒井忠清にとって、

「堪えきれぬ……」

一事であったのだ。

酒井と沼田分家との陰謀は、この矢島九太夫の密書によってあきらかとなり、その証拠を完全に一当斎信之がにぎりしめたことになる。

（真田の隠居の手に落ちた、あの密書だけは、何としても奪い返さねばならぬ）

と、酒井忠清はひたすらにおもいつめ、たまらなく不安であった。このようなことになるのだったら、真田の騒動に介入すべきではなかった、と悔んでいたやも知れぬ。

幕府政治の代表者たる自分の汚れた手の内を、信之の前にさらけ出してしまった。もし、これより先、何かあったとき、真田家から酒井の密書が公表されれば、老中も幕府も将軍も、天下に醜態を曝すことになりかねないし、その責任は、すべて酒井自身が負わねばならぬのだ。

「隠居が死ぬる前に、密書を奪い返せ。隠居は死ぬるとき、あの密書を、むだに遺してはおくまい。もしも、あの密書が真田家へ受け継がれてみよ、一大事じゃ」

と、酒井は矢島九太夫を責めつけたこととおもわれる。

何も知らずに酒井のもとへ信之の書状をとどけた堀平五郎は、すでに斬殺されてしまってい、矢島九太夫も江戸へ引きあげたいま、信州・松代城下に残る隠密は、守屋甚太夫ひとりとなった。

酒井忠清としては、いまや、甚太夫をつかっての密書奪還に踏み切るよりほかに、

「手段はない」

と、おもいきわめたのであろう。

そうなれば、先ず、信之の身のまわりの世話をしている波留が起用されるのも当然というべきだろうが、それにしても、このことを父から打ち明けられたときの、波留の驚愕は、どのようなものであったろうか……。

波留は、おどろきつつも、伊木彦六との恋を父に打ちあけ、父の翻意をうながしたらしい。

すると甚太夫は、逆に、わがむすめの恋を利用した。

「……わが命に従わずば、彦六さまのおいのちも、刺客の手により、かならず絶たれる、とまで父に申しきかされ、よんどころなく……」

と、波留は遺書にしたためてある。

波留に対しては、

（さぞや、おもい悩み、苦しんだことであろう。あわれなやつめ……）

と、おもいはしたが、波留のような〔小むすめ〕をつかって、自分に立ち向わせようとは、あきれ返ったものだ。それだけに、酒井老中の焦りは急迫しているにせよ、まことにもって幼稚な手段といわねばなるまい。

むかしからのことだが、信之は、わが領国へ潜入する幕府隠密などは、

「歯牙にもかけず……」

放置しておき、ありのままの真田家を見せておいた。

真田信之は、わが領国の成長に、政治家としての情熱をそそぎつくしてきた。

だが領国が富めば、幕府の眼が光る。大名の富力が増すことは、幕府にとって脅威以外の何物でもない。

信之の領国は富み、人心は明朗であった。

領国のために我慾を捨てた信之であればこそ、酒井忠清のふところへ三十余年も忍ばせておいた吉田市兵衛のはたらきが、成果をもたらすのである。

幕府は酒井は、他人が汗水をながして得たものを、権威と陰謀によって奪い取ろうとする。

信之は苦労をして築きあげ、領民や家来と共に獲得してきた。

七

三度目に書斎を探った夜。信之に声をかけられて動顛し、ようやく廊下へ逃げ出た

波留は、伊木彦六に捕えられた。

彦六は、このごろ、当直の夜にも、長屋へ忍んで来なくなった波留を怪しみ、たまりかねて様子を見にあらわれ、書斎へ潜入する波留を目撃したのだ。

彦六は、波留を自分の長屋へつれこみ、きびしく問い訊し、ついに、波留は、すべてを打ち明けてしまった。

父に威されて主人と恋人を裏切り、恋人に詰問されて父を裏切り、ついには自分自身を裏切りつづける。

波留は、どこまでも若い女であった。

この日の夕暮れに……。

波留の遺書によって無罪を証明された伊木彦六が、隠居所へもどって来た。

一当斎信之は、夜具に、すっぽりと顔も頭も隠したまま、

「近う寄れ」

「は……」

「波留の遺書を読んだか?」

「先刻、金井弥平兵衛様が、読ませて下されまいた」

「何故、甚太夫を殺した?」

「鈍根にて御役にもたたぬ私……せめて、御家のためにと……」

「ばかもの。甚太夫一人を殺したとて、何になる」

「他に、怪しなる者がおりますれば、見せしめにもなろうかと、存じまして……」

「波留を、何処で抱いたのじゃ？」

「は……」

「宿直（とのい）の夜に……まさか、この寝所の次の間においてではあるまい。おのれの長屋へつれてまいったのか、どうじゃ」

「おそれ、入り……」

「不埒者め」

　叱ったが、信之の声音（こわね）はやさしかった。

　彦六の顔面は、泪にぬれつくしている。

「彦六よ。甚太夫を斬る前に、何故、わしに打ち明けなんだ？」

「甚太夫のむすめと、不義をいたしおりました私ゆえ……」

「おろかものめが……」

　彦六が号泣した。

　信之は依然、夜具の中へ埋もれたままで、こういった。

「よし、よし。行け。そして今夜は父の……亡き父・伊木三郎右衛門の夢でも見るがよい。亡き父も、お前が無事にもどったことを、よろこんで、おるに、ちがいあるまい……」

翌十七日の朝は、雨があがり、快晴となった。

信之の居間の広縁の向うにひろがる庭園は、雨を吸って重く密集した朽葉(くちば)に埋まっている。

凜冽(りんれつ)たる大気は、もはや、冬のものといってよかった。

裸になった樹林を、冷え冷えと澄みわたった空が抱きかかえているかのようであった。

突然、一当斎信之は起きあがり、

「床を払え」

と、命じ、ついで入浴の仕度をせよ、といった。

玉川左門も伊木彦六もおどろき、懸命に、これを制止したが、信之は、きき入れなかった。

信之は、

「気分がよい」

と、いい、家来たちの不安を追い払ってやり、生気にみちた足どりで浴室へ向い、入浴をすませ、赤あかと燃えた居間の炉端へすわりこみ、悠々として、一椀の粥を食べ終えたものである。毅然として、
血色もすぐれているように見うけられた。

これには、侍医の堀本良仙もおどろき、

「もしやすると、大殿は、このまま御快方に向われるやも……」

と、玉川左門に洩らしたそうな。

巳ノ上刻（午前十時）ごろに、鈴木右近忠重があらわれ、居間へ通された。

「酒を……」

と、信之が、伊木彦六に命じた。

右近は、居間にすわっている信之を、まじまじとながめて、物をいわぬ。

酒が運ばれると、主従は、たがいに酌をして、盃をほした。

「彦六は去ね」

と、右近がいい、彦六は出て行った。

「大殿……」

「右近。わしは、今日、死ぬるぞよ」

「やはり……」

「うむ。今朝、目ざめて、そうおもうた。いまも、おもうている」

「さようで……」

「おぬしは、どうしても、わしの後を追うつもりか……殉死なぞ、古くさいことじゃぞ」

右近は、声もなく笑い、

「大殿亡きのち、私が生きながらえてあることこそ、古くさいので……」

「わしは、今朝も薬湯をのんだぞよ」

「それは、大殿が、今朝にいたるまで、生きてあらねばならなかったからでござる」

鈴木右近は淡々として、

「彦六が、ゆるされましたそうで……」

「波留の遺書を見たか?」

「はい。昨夜、金井弥平兵衛より……」

「さようか」

「大殿。例の密書は、まだ御手もとに……?」

「ふ、ふふ……」

「何と、なされまいた?」

「尻をふいて、厠へ捨ててしもうたわい。ずっと前の、まだ、わしが寝こむ前のことよ」

「ははあ……」

「他に洩らしたり、なまじ後へ残してはならぬ。ああしたものを、つかいこなすには年期がいるものじゃ」

わが汚点を真田家につかみとられたと、おもいこんだままに、いずれは酒井忠清も死を迎えるであろう。それが、もっともよい。それが何よりも、あの密書を役立てることになる。

昼近くなるまで、この主従は酒をくみかわしていたようだ。

庭のどこかで、しきりに、鶲が鳴いている。

玉川左門があらわれ、

「領内四郡の百姓総代として五十二名。只今、御門前へまいり、蔬菜を献上し、尚も立ち去らず、大殿の御本復を祈りおりまする」

と、告げた。

信之が倒れてから、門前にひれ伏して祈念をする領民たちが絶えないのである。

「よし。今日は、わしが……」

信之は領民たちの前へ行く、といい出し、伊木彦六の肩につかまり、おもいのほか、しっかりとした足どりで、大玄関まで出て行った。

門の彼方から、これを見た領民たちが、たまりかねて歓呼をあげた。

信之は、両手をかかげ、これに応え、間もなく居間へもどったが、このとき、顔色が変じていた。

窪んだ眼窩の上の、ひろい額が鉛色に変じ、信之は激しく喘ぎはじめた。

先刻まで、信之の老軀にやどっていた、ふしぎな精気は消散し、だれの目にも、

(これは、いかぬ)

と、異常がみとめられた。

薬湯が運ばれ、侍臣たちは、

「大殿を御寝所へ……」

狼狽し、立ちさわいだ。

「うろたえるな!!」

伊木彦六と共に、信之へ付きそっていた鈴木右近が、

「大殿の思しめしのままにいたせ」

と、叱咤した。

信之は、しっかりと引きむすんだ唇を間断なく震わせつつ、無言のまま、烈しく片手を振った。

侍臣たちに、

「退れ」

と、命じているのである。

「退れ。よいから、退れ」

と、右近が叫び、ついに、侍臣たちを遠ざけてしまった。

一当斎信之は、赤あかと燃える炉の前に、ゆったりと胡坐(こざ)し、積み重ねた夜具に背をもたせかけ、喘いでいる。

側には、右近と彦六のみであった。

「小太よ……」

両眼を閉じたままの信之の唇から、鈴木右近の幼名をよぶつぶやきが、、、もれた。

「ここにおりまする」

「おぬしも、そろそろ、引きあげたらどうじゃ」

「は……」

右近は、ちらりと伊木彦六の青ざめた横顔へ視線を走らせてから、白髪頭を低くたれ、身じろぎもしなくなったが、ややあって、

「では、これにて……」

両手をつかえ、はっきりとした声で、

「これにて、今生の別れをつかまつる」

と、いった。

「おお」

信之が両眼をひらき、右近を凝視し、うなずいて見せた。

鈴木右近忠重は立ちあがり、二度と振り向こうとせず退出して行ったが、廊下へ出た瞬間に、ぐらりと一度、よろめいたようであった。

日射しは、いよいよ明るく居間の中へみちてきて、これまで煙霧のごとく信之の老体にとどまっていた最後のちからが、すべて、その陽の温みに吸いとられ、溶けて行くようであった。

信之の右手が、彦六の左手をつかみしめた。その冷めたさに彦六は、われを忘れ、ほとばしるように、

「大殿!!」

と、叫んだ。

二度、三度とうなずき、瞑目(めいもく)した信之の耳は、遠く、門の外からきこえてくる百姓たちの唄声をとらえた。

まだ、門前から立ち去らぬ領内の百姓総代五十余名が、合唱しはじめたのである。

もしやすると、退出した鈴木右近が「唄え」と、命じたのやも知れない。

碁の目田に、
通りをよく植えろ
しやり田に
戸隠山(とがくし)で鳩が鳴く
何となく
つきこよ、つきこよと言うて鳴く

〔大殿さま〕が、この松代の田植歌を好むことを、百姓たちは、わきまえている。

初夏の、晴れわたった空の下を、蹄(ひづめ)の音も軽く、田植えにはげむ百姓たちに会釈しつつ、領内を廻ることが、一当斎・真田信之の、何ものにもかえがたい愉楽であった。

絶えかかる意識の底で、わずかに、信之の感官が田植歌の唄声をとらえている。

最後の、もはや二度とさめぬ眠りに侵されつつ、信之の灰色の唇が微かにうごいたのを、彦六は見た。

しかし、信之が何をいおうとしたのか、何をいったのか、伊木彦六にはわからなかった。

いまや、青ざめていた彦六の顔面は、朱をそそいだような血の色に染っていた。彼は必死に、両腕で大殿の躰をささえていたのである。

八

一当斎・真田信之が歿して、約一カ月後の、万治元年十一月三十日に、その葬儀がいとなまれた。

この日は朝から、松代にはめずらしく、烈風が吹き募った。

飯縄・戸隠の山々から吹きおろして来る烈風は、けわしい山の雪を運び、松代城下は、その乱れ飛ぶ雪におおわれつくしたのである。

雪に包まれた真田信之の葬列は、辰ノ上刻（午前八時）に柴村の隠居所を出て、真田家の菩提所・長国寺へ向った。

長い葬列の中央に位置した信之の棺は、十六名の家臣によって両側から護られている。

棺の中の遺体は、腐蝕をふせぐため、種々の処置がほどこされていた。

棺を担ぐ家臣の中に、伊木彦六尚正も加わっている。

棺の、すぐ後に、大納戸(おおなんど)・坊主頭(ぼうずがしら)・御茶道などの諸人を両側にひきい、鈴木右近忠重が付き従っていた。

ところで、この日の伊木彦六の姿を見た家中の人びとは、おどろきもしたろうし、また「なるほど……」と、うなずきもしたろう。

彦六は、前日に城下の願行寺(がんぎょうじ)へ入り、剃髪して僧侶となった。名を信西(しんぜい)とあらため、葬列にいる彼は、托鉢(たくはつ)の僧衣をまとっていたのである。

これからの彦六は僧侶として諸国をまわり、亡き大殿の冥福を祈りつつ、いまはただ一つ、自分に残されたもの……すなわち画業に生きる決意をかためたのであった。

それが、伊木彦六を、どのように育てて行くかは、

（わしにも、わからぬ……）

鈴木右近であった。

右近は、彦六に、一当斎信之が彼の実父であったことを語ってはいない。

（いまさら、それをきかせて何になろう。大殿は大殿のまま、彦六の胸に在るがよいのじゃ）

と、右近はおもいきわめたのだ。

棺を担いでいる伊木信西の後姿を見つめつつ、歩を運ぶうち、右近の両眼にふつふつと熱いものがわきあがってきた。

（こりゃ、いかぬわい。わしも早う、大殿の御側へまいらぬことには、どのような恥をさらすやも知れぬ）

鈴木右近は、木村渡右衛門・羽田六右衛門の両藩士に介錯をたのみ、明後日の朝、松代城外の西条村にある法泉寺の境内で切腹をし、信之の後を追うつもりでいる。

長国寺へ向う葬列は、沿道に、くろぐろと伏し、声もなくうずくまった、おびただしい領民の群を割って、あくまでも静謐にすすんだ。

風は鳴り熄まず、雪は飛んでいたが、笠をかたむけてすすむ葬列の人びとの足なみには、一点の乱れもない。

風雪の音の中にきこえるものは、伊木信西が烈しく唱える念仏の声のみであった。

解説　真田信之の血は冷えているか

重里徹也

二つの旅の思い出から、書き起こすことにしよう。いずれも、この小説『獅子（しし）』を読みながら、しきりに思い出された。

もう、何年も前、石川県能登半島は輪島で、漆器作りの取材をしたことがある。陶器をチャイナというのに対して、ジャパンは漆器。木や紙に漆を塗り重ねて作る漆器は、縄文時代から使われてきたともいわれる。呪術（じゅじゅつ）や信仰との関わりを指摘されることも多く、日本列島で暮らしてきた人々の魂を映す器だ。

木地ひき（木材をろくろで回して形を作る）から、研磨や塗装へと至る作業を見て、熟練の技を実感した。一方で、えんえんと流れる時間に積み重ねられてきた職人たちの仕事の尊さも思わずにいられなかった。

なぜ、そんなことを思い出したのか。この長編小説『獅子』で、塗師（ぬし）の男が重要な役割を果たすからだ。日本の伝統を受け継ぐ職人が、物語のキーパーソンを演じるというのが、池波正太郎ならではの面白さではないか。印象的だった。

思い出したもう一つの旅は、信州・上田への旅だった。いうまでもなく、真田家が数十年間、本拠地にした街だ。ここには池波正太郎真田太平記館という文学館がある。『真田太平記』という一つの小説にテーマを絞ったユニークな文学館だ。

六連銭（六文銭。銭形六個を三個ずつ二列に並べた真田家の家紋。六文は三途の川の渡し賃といわれることに由来する）の旗印があちこちで見られる上田駅前から歩いて約十分。養蚕業が栄えた上田にふさわしく、蚕室を模したデザインの建物が、真田太平記館だ。

『真田太平記』は新潮文庫で全十二巻の大河小説。描いている時代は一五八二年（天正十年）から一六二二年（元和八年）までの四十年間になる。上田城を築いた真田昌幸と信之（当初は信幸）、幸村の父子を中心に、武将たちが覇権を争った戦国期の人間模様をたっぷりと楽しめる。

上田の城跡公園はもちろん、澄んだ空気やきれいな街並みをはじめ、真田から連想して、池波好みのそばやカレーの味も思い出していたのだ。

『真田太平記』に描かれた真田昌幸は稀代の戦略家といえばいいか。武田信玄、織田信長、豊臣秀吉に仕えながら、謀略を駆使して、領国を守り抜く。情報戦も得意で、草の者（忍び）を巧みに使って状況を把握し、切り開いていく姿は、激動の時代を小国がどう生き残っていくかの知恵に満ちている。

次男の真田幸村は、武将としての輝ける才能を発揮する。豊臣秀吉にかわいがられた幸村は、父の死後、大坂城に入る。数にまさる徳川軍を追い詰め、家康に迫った華々しい活躍はよく知られているところだ。苦戦だとわかっていても、自分の思う生き方を貫く姿にファンも多い。

二人には共通した特徴がある。秀吉びいきの家康嫌い。小柄だが、はちきれんばかりのエネルギーに満ちている。奔放な野性味を周辺に漂わせていて、好色で陽気で、女性にもてる。

二人の姿はとても魅力的で、読者の想像力をかきたててくれる。ただ、中心人物がこの二人だけではないのが、『真田太平記』という大長編小説の懐の深いところだ。

もう一人の主要人物というのは、真田昌幸の長男、信之。彼の肖像は、昌幸、幸村と対照的である。大柄で、肩幅が広い。落ち着いていて思慮深い。妻は本多忠勝（家康の重臣）の娘で、家康の養女。父や弟とは違って、家康側につく。

幸村を戦国期の華麗なスターだとすれば、信之はじわじわと魅力が伝わってくる別の性格を持つリーダーだ。治世者として、さらに器を大きくしていく道を歩む。

日本史を見渡すと、二つのタイプの英雄がいるように思う。権力を奪取する時に輝くタイプと、権力を確立したり、維持したりする時に力量を発揮するタイプだ。乱暴な物言いだが、源義経、織田信長、豊臣秀吉、高杉晋作、西郷隆盛らを前者、源頼朝、徳川家康を後者と考えてはどうだろうか。図式的に過ぎるだろうか。

こんなふうに思いを進めると、真田信之について考えることの楽しさに至ることになる。それは権力の維持とはどのようになされるかを考えることとつながり、この日本において、治世の要諦（ようてい）はいかにあるかを眺めることに結びつくはずなのだ。

小説『獅子』は『真田太平記』に先立って書かれた。執筆の順番からいうと、『獅子』に描かれた真田信之の魅力が、どのようにして培（つちか）われたのかをさかのぼって考えたのが『真田太平記』ともいえそうだ。

『獅子』の舞台は一六五八年（明暦四年）の信州・松代（まつしろ）藩だ。信之は九十三歳。長きにわたって十万石の藩祖として君臨していたが、引退して、次男の信政に権力を譲った。

ところが、この信政が急死してしまう。誰が後継すべきか。候補は二人いる。

一人は信政の子、右衛門佐（うえもんのすけ）。信政のただ一人の男児で、筋は通っているようだが、まだ満一歳だ。赤ん坊同然であるうえ、彼が生まれたことを信政は幕府に届けていなかった。

もう一人は真田の分家、上州・沼田三万石の城主、信利。信之の長男（すでに死去）の妾腹の息子だ。信利の妻は、幕閣において権勢著しい老中筆頭、酒井雅楽頭忠清の義妹（忠清夫人の妹）だ。酒井家は譜代の名門で、しかも忠清は現将軍・四代家綱の寵臣である。

信之は、右衛門佐に継がせたい。信利にはリーダーとしての資質が欠けているからだ。どういうところが欠落しているのか。物語のポイントの一つなので、池波は筆を尽くして解説する。

信利は虚飾享楽への欲望が熾烈だった。華美な生活をすることばかり考えていた。「沼田町史」を引用して、意志薄弱のわがまま者であるうえ、武士としての教養がなかったことも指摘する。

その理由は、幼少の頃から生母に甘やかされて育ったことに求められる。側妾の子供ゆえに恵まれないと自分の境遇に不満を持ち、欲望にふける派手な日々にあこがれていたというのだ。こういう人物は君主に向かない。

このような経緯から、後継者をめぐって激しい闘いが繰り広げられることになる。

信之は引退後も藩士たちから慕われている。九十歳を超えた老いた身をふるいたたせて、信利を推す幕府と激しく格闘することになる。

戦国の時代からすでに随分と時が経っている。闘うといっても武力で衝突するわけではない。幕府に雇われた隠密が松代藩内を跳梁跋扈している。これに対して、信之も真正面から挑むことになる。

そして全編を通して、しみじみと実感できるのが、すきのない信之の対応の見事さだ。関ケ原の戦いにおいて、父親の真田昌幸と弟の幸村は西軍に参加して、徳川家康に叛旗をひるがえした。信之は徳川軍に参加し、忠誠を貫いた。

こういうこともあって、家康の死後、真田家への監視は厳しさを増した。改易や取りつぶしによって、さまざまな大名たちを屈従させたのが徳川幕府だ。しかし、真田家が生き残ったのは、「信之あればこそ」と記される。その信之の老齢を迎えても、なお保ち続けた凄みが、伝わってくるのだ。

いくつかの印象的なエピソードがある。幕府は諜報網を広く深く張りめぐらせている。これに対して、信之はすべてを「開放している」。家臣と領民の信之に対する絶対的な信頼が、彼らに「大殿（信之のこと）と共に生き、共に死のう」という連帯感をつくっているのだ。

これは歴史が養ってきた連帯意識で理屈や欲得では崩されない。そして、信之はこの信頼に応えて、緩みのない対応を次から次に繰り出していく。敵のスパイはこの事実に直面して驚愕することになる。

池波の筆は実に読みやすい。しかし、丹念につづられていて、輝くような細部に出くわす。たとえば、私など、スパイが栗の花のにおいをかぐシーンでうなってしまった。彼は花のにおいに気づくことで、自分の心にやっと余裕が生まれているのがわかるのだ。読者は改めてスパイとして生きる人生にすさまじい厳しさを感じるのではないか。

物語の末尾近くで、農民たちが合唱する田植歌が響くのも印象的だ。田植に励む農民たちに会釈しながら領内を回ることが、信之にとって何ものにもかえがたい愉楽だった。

小説全体を通して、池波は読者に謎を仕掛けているように思う。その謎とは、

真田信之の血は冷えているのか

というものだ。父親の昌幸や弟の幸村から「源三郎（信之）の血は冷えておるのじゃ」「兄上の血は、冷えておられる」と言われたことを、信之は何度も夢に見てしま

う。果たして信之の血は冷たいのか。これは、読者諸兄姉が自身の人生の中で自問すべき問いだろう。

(平成二十八年九月、文芸評論家・聖徳大学教授)

この作品は一九七三年四月中央公論社より刊行された後、
一九七五年九月に中公文庫に収録された。

表記について

新潮文庫の文字表記については、原文を尊重するという見地に立ち、次のように方針を定めました。

一、旧仮名づかいで書かれた口語文の作品は、新仮名づかいに改める。
二、文語文の作品は旧仮名づかいのままとする。
三、旧字体で書かれているものは、原則として新字体に改める。
四、難読と思われる語には振仮名をつける。

なお本作品集中には、今日の観点からみると差別的表現ととられかねない箇所が散見しますが、著者自身に差別的意図はなく、作品自体のもつ文学性ならびに芸術性、また当該作品に関して著者がすでに故人である等の事情に鑑み、原文どおりとしました。

（新潮文庫編集部）

池波正太郎記念文庫のご案内

上野・浅草を故郷とし、江戸の下町を舞台にした多くの作品を執筆した池波正太郎。その世界を広く紹介するため、池波正太郎記念文庫は、東京都台東区の下町にある区立中央図書館に併設した文学館として2001年9月に開館しました。池波家から寄贈された全著作、蔵書、原稿、絵画、資料などおよそ25000点を所蔵。その一部を常時展示し、書斎を復元したコーナーもあります。また、池波作品以外の時代・歴史小説、歴代の名作10000冊を収集した時代小説コーナーも設け、閲覧も可能です。原稿展、絵画展などの企画展、講演・講座なども定期的に開催され、池波正太郎のエッセンスが詰まったスペースです。

https://library.city.taito.lg.jp/ikenami/

池波正太郎記念文庫〒111-8621 東京都台東区西浅草 3-25-16
台東区生涯学習センター・台東区立中央図書館内 TEL03-5246-5915

開館時間＝月曜～土曜（午前9時～午後8時）、日曜・祝日（午前9時～午後5時）**休館日**＝毎月第3木曜日（館内整理日・祝日に当たる場合は翌日）、年末年始、特別整理期間

●入館無料

交通＝つくばエクスプレス〔浅草駅〕A2番出口から徒歩5分、東京メトロ日比谷線〔入谷駅〕から徒歩8分、銀座線〔田原町駅〕から徒歩12分、都バス・足立梅田町－浅草寿町 亀戸駅前－上野公園2ルートの〔入谷2丁目〕下車徒歩1分、台東区循環バス南・北めぐりん〔生涯学習センター北〕下車徒歩2分

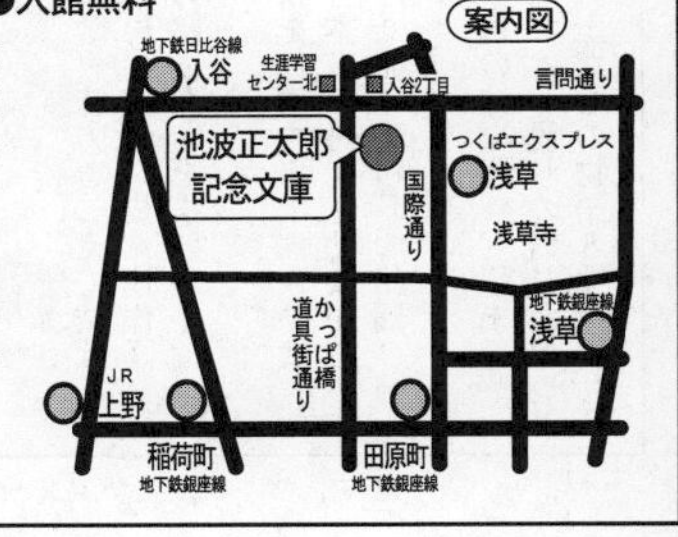

池波正太郎著

真田騒動
―恩田木工―
直木賞受賞

信州松代藩の財政改革に尽力した恩田木工の生き方を描く表題作など、大河小説『真田太平記』の先駆を成す〝真田もの〟5編。

池波正太郎著

真田太平記（一〜十二）

天下分け目の決戦を、父・弟と兄とが豊臣方と徳川方とに別れて戦った信州・真田家の波瀾にとんだ歴史をたどる大河小説。全12巻。

池波正太郎著

侠客（上・下）

「お若えの、お待ちなせえやし」の幡随院長兵衛とはどんな人物だったのか――旗本水野十郎左衛門との宿命的な対決を通して描く。

池波正太郎著

あばれ狼

不幸な生い立ちゆえに敵・味方をこえて結ばれる渡世人たちの男と男の友情を描く連作3編と、『真田太平記』の脇役たちを描いた4編。

池波正太郎著

男の系譜

戦国・江戸・幕末維新を代表する十六人の武士をとりあげ、現代日本人と対比させながらその生き方を際立たせた語り下ろしの雄編。

池波正太郎著

武士（おとこ）の紋章

敵将の未亡人で真田幸村の妹を娶り、睦まじく暮らした滝川三九郎など、己れの信じた生き方を見事に貫いた武士たちの物語8編。

池波正太郎著
おとこの秘図（上・中・下）
江戸中期、変転する時代を若き血をたぎらせて生きぬいた旗本・徳山五兵衛――逆境をはねのけ、したたかに歩んだ男の波瀾の絵巻。

池波正太郎著
忍びの旗
亡父の敵とは知らず、その娘を愛した甲賀忍者・上田源五郎。人間の熱い血と忍びの苛酷な使命とを溶け合わせた男の流転の生涯。

池波正太郎著
日曜日の万年筆
時代小説の名作を生み続けた著者が、さりげない話題の中に自己を語り、人の世を語る。手練の切れ味をみせる〝とっておきの51話〟。

池波正太郎著
男の作法
これだけ知っていれば、どこに出ても恥ずかしくない！　てんぷらの食べ方からネクタイの選び方まで、〝男をみがく〟ための常識百科。

池波正太郎著
編笠十兵衛（上・下）
幕府の命を受け、諸大名監視の任にある月森十兵衛は、赤穂浪士の吉良邸討入りに加勢。公儀の歪みを正す熱血漢を描く忠臣蔵外伝。

池波正太郎著
むかしの味
人生の折々に出会った〔忘れられない味〕。それを今も伝える店を改めて全国に訪ね、初めて食べた時の感動を語り、心づかいを讃える。

獅子（しし）

新潮文庫　い－16－92

平成二十八年十一月一日発行
令和五年九月十五日六刷

著者　池波正太郎（いけなみしょうたろう）

発行者　佐藤隆信

発行所　株式会社新潮社

郵便番号　一六二―八七一一
東京都新宿区矢来町七一
電話　編集部（〇三）三二六六―五四四〇
読者係（〇三）三二六六―五一一一
https://www.shinchosha.co.jp

価格はカバーに表示してあります。

乱丁・落丁本は、ご面倒ですが小社読者係宛ご送付ください。送料小社負担にてお取替えいたします。

印刷・株式会社光邦　製本・株式会社大進堂

ISBN978-4-10-115689-7 C0193